AF890368

Terciopelo

Juan Rivera Arroyo

Terciopelo

NdeNovela

La lectura abre horizontes, iguala oportunidades y construye una sociedad mejor. La propiedad intelectual es clave en la creación de contenidos culturales porque sostiene el ecosistema de quienes escriben y de nuestras librerías. Al comprar este libro estarás contribuyendo a mantener dicho ecosistema vivo y en crecimiento. En **Grupo Planeta** agradecemos que nos ayudes a apoyar así la autonomía creativa de autoras y autores para que puedan seguir desempeñando su labor.
Dirígete a CEDRO (Centro Español de Derechos Reprográficos) si necesitas fotocopiar o escanear algún fragmento de esta obra. Puedes contactar con CEDRO a través de la web www.conlicencia.com o por teléfono en el 91 702 19 70 / 93 272 04 47.

© Juan Rivera Arroyo, 2024

© Editorial Planeta, S.A., 2024
NdeNovela, un sello editorial de Editorial Planeta, S. A.
Av. Diagonal, 662-664, 08034 Barcelona
www.ndenovela.com
www.planetadelibros.com

Primera edición: octubre de 2024
Depósito legal: B. 14.690-2024
ISBN: 978-84-10140-15-8
Composición: Realización Planeta
Impresión y encuadernación: Rotoprint by Domingo
Printed in Spain - Impreso en España

PEFC Certificado
Este libro procede de bosques gestionados de forma sostenible
PEFC
PEFC/14-38-00305
www.pefc.es

Para Luciana, mi luz

Las empresas más osadas han de vivirse con el ánimo más sencillo.

El barón rampante, Italo Calvino

ÍNDICE

PRIMERA PARTE

1914

1

A diferencia de otros chicos, Jules About corría con la fortuna de que su padre no tuviera una sola ocupación, sino dos: el terciopelo y las palomas. Esta circunstancia, que a primera vista parecía banal, le causó siempre una sensación de libertad, humilde pero única. La fortuna consistía en que el rumbo de su vida estaba marcado solo a medias, condición excepcional en una época en que el oficio se heredaba como el apellido.

Jules About se había sumergido desde la infancia en la industria de su padre, y para la adolescencia ya era un experto. Aunque entonces comenzó a gastar las mejores horas del día en la fábrica, todos sabían que no tenía el corazón allí, sino en casa, con las palomas que criaba. Si le preguntaban a qué se dedicaba, él decía que al terciopelo. Pero si le preguntaban qué era lo que amaba, se refería a las palomas.

Naturalmente, nadie nunca le preguntaba lo segundo.

En el verano de 1914, al estallar la Gran Guerra, Jules About tenía diecisiete años. Semanas más tarde, por sus méritos en el campo de la colombofilia, él y su padre fueron reclutados por el Ejército francés.

Jules About operaba una fábrica de terciopelo y adiestraba palomas. Estaba convencido de que ambas ocupaciones tenían algo en común.

La textura.

2

Jules About vivía en Amiens, en la región de Picardía, específicamente en la zona que le había dado a la ciudad la reputación de la Pequeña Venecia del Norte: los Hortillonnages. Terrenos pantanosos y fértiles, los Hortillonnages eran una red de cultivos que flotaban esparcidos por el río Somme. Tras casarse, los padres de Jules se habían hecho con un islote en aquellos intrincados canales y construyeron la casa en la que había de crecer su hijo. A pesar de que se hallaba a una corta distancia de la catedral, el punto céntrico de Amiens, la casa tenía un marcado estilo rural. El padre de Jules, Maurice, se había encargado de ello: si no iba a vivir fuera de la ciudad, como era su deseo, al menos montaría la ilusión lo mejor posible.

El entorno, de gran riqueza ecológica, le permitía a Jules About gozar a plenitud de su afán desmesurado por la naturaleza. Todo comenzaba con remar. En los ratos libres solía subirse en un bote y remar río arriba, hasta dejar atrás cualquier rastro de presencia humana. Entonces se empleaba en el arte de la observación. Montes, flores o fieras, todo lo miraba y reflexionaba, y todo lo apuntaba y dibujaba en un cuaderno. El rigor lo había aprendido de los naturalistas a los que admiraba, y era tan estricto que en cuanto volvía a casa corregía las imperfecciones del lápiz. Su dormitorio estaba decorado con las rocas y los minerales que recolectaba en largas caminatas por los campos a las afueras de Amiens.

Pero todo comenzaba con el acto de remar. Entre más se alejaba de casa, mejor podía hablar consigo mismo. A veces, en las tardes muertas de tedio, solo remaba por remar. Los canales de los Hortillonnages eran un recurso para despejarse la cabeza. Aparte de una musculatura formidable, la costumbre del ejercicio le había aportado a sus diecisiete años cierto sosiego monástico.

La incursión de Jules About en las ciencias de la naturaleza contrarrestaba la otra mitad de su vida: la operación de la fábrica de su padre.

3

La fábrica de terciopelo, que había heredado en su juventud, era la raíz de la dicha y la infelicidad de Maurice About.

Sucedía por temporadas. En unas lo embestía un ímpetu de labor y progreso que lo hacía levantarse por la madrugada y partir hacia la fábrica, río abajo, cerca del cementerio. En el silencio del amanecer, antes de que llegaran los trabajadores, Maurice About se sentaba en la oficina y se ocupaba en la innovación de diseños textiles y la optimización de utilidades; pensaba en potenciales clientes, hacía el balance de la solvencia de la empresa y, si le alcanzaba el tiempo, se ponía a barrer el polvo. Durante la jornada supervisaba el proceso de producción junto a su hijo Jules, que se encargaba del control de calidad, y a mediodía, a la hora del almuerzo, Maurice About les dirigía a los trabajadores unas palabras de aliento.

—Desde luego que esto es un negocio —decía—. Hay ganancias para ustedes y hay ganancias para mí. Pero lo que nos debe mover no es eso, sino el arte de fabricar terciopelo. En esa tela hay siglos de tradición de nuestra región. Y en la eficacia de nuestro trabajo está nuestro legado.

A veces los trabajadores aplaudían y el comedor se llenaba de emoción y compañerismo.

A las pocas semanas de haber iniciado la temporada industriosa del patrón, el rendimiento de la fábrica alcanzaba un punto máximo. Era como tener las calderas de un barco a todo vapor. Codo a codo, los trabajadores y Maurice trabajaban como una tripulación hermanada; atendían las imperfecciones de manufactura y se daban ánimos los unos a los otros. Las semanas se volvían una sucesión de olas de avance y mejora. El terciopelo brotaba de las máquinas como un torrente interminable.

Pero meses después, de súbito, el impulso llegaba a su fin y el barco se estrellaba contra un muro de agotamiento. Al principio Maurice About, convertido de la noche a la mañana en un hombre de pesimismos, se negaba a salir de la cama y a probar bocado. Perseguía la oscuridad como si huyera del fuego y se dejaba crecer la barba.

Luego ingresaba a una rutina doméstica repleta de ocio y recuperaba el ánimo poco a poco. Lo que no se corregía era su desinterés por la fábrica: no volvía a tocar el tema ni por equivocación.

—Queda prohibida la palabra *terciopelo.*

Desprendido de toda responsabilidad y hechizado por la calma permanente del islote, se refugiaba en la lectura de todo tipo de libros, desde tratados de mecánica clásica hasta novelas contemporáneas. También hallaba refugio en su mujer, Claire, a quien le reintegraba las atenciones que había omitido durante la temporada de laboriosidad. Ella estaba acostumbrada al humor pendular de su marido y se divertía con el regreso a la vida conyugal. Porque, entre otras cosas, el arranque de la temporada en casa figuraba el redescubrimiento de un amor pasado, como el de dos viejos amantes.

Siempre se habían producido así los arrebatos de Maurice, incluso antes del nacimiento de su hijo. Cada cierto tiempo se retiraba a casa para dejarse vencer por la ilusión de vivir en una isla lejana y abandonaba la fábrica a la suerte de los trabajadores. Las más de las veces el negocio sobrevivía, aunque en sus décadas de historia había habido casos de hurto, de levantamiento obrero y de incendios. Ahora, en cambio, cuando a Maurice le daba por ausentarse, Jules se quedaba al frente de la empresa y la producción seguía mejor que de costumbre.

4

Jules About recordaba los periodos de su infancia en que Maurice volvía a casa huyendo del mundo. Eran días felices. Padre e hijo pasaban horas en la biblioteca asombrándose con las novedades científicas y literarias de los libros, que leían en voz alta. De todas las mercedes que le habían traído aquellas tertulias, la que más agradecía Jules era el diario de viaje de Darwin a bordo del Beagle, que lo introdujo en el mundo del naturalismo.

—Los de ese señor no eran ojos, eran lupas —había dicho Jules la tarde en que su padre terminó de leer, al otro lado de la biblioteca y en el inglés original, la última página del libro.

Cuando no estaban leyendo, Maurice y su hijo estaban explorando algún campo remoto. Siempre remaban a contracorriente, alejándose de la ciudad, y averiguaban el recorrido incalculable de las ramificaciones del Somme. Conquistaban cimas, trepaban árboles y examinaban cuevas.

En casa, a su regreso, Claire los recibía con una ansiedad genuina por escuchar las aventuras del día. Como en la juventud había cantado en varios espectáculos, ella sabía lo que se esperaba de un buen público. A la luz de las velas, la mesa de la cena se volvía un escenario lleno de exageraciones y risas.

Una mañana en que cosechaba rábanos en la huerta del islote, Maurice About tuvo un percance que lo condujo al hallazgo del pasatiempo que había de convertirse en su segunda ocupación. Encorvado sobre la tierra, sintió de pronto una punzada en la espalda baja que lo hizo aullar de dolor. Como no pudo rectificar su postura, tuvo que esperar a que los trabajadores de la huerta lo asistieran.

—Vaya manera de recibir los treinta y cinco, cariño —dijo Claire mientras le sobaba la espalda, al atardecer—. Ahora tienes que buscarte otra actividad. No tolero personal en baja forma en mi huerta.

Tumbado sobre el pecho y con el rostro enterrado en las sábanas de la cama, Maurice About se convenció de que era verdad: necesitaba un nuevo pasatiempo. Permaneció horas sin moverse, con la espalda transfigurada en porcelana, pensando en sus opciones. Por fin, a medianoche, afectado por una epifanía, levantó la cabeza y se incorporó de un brinco. Claire, que dormía a un costado, se despertó con el crujido encadenado de los huesos de su espalda.

—¿Qué pasa? —dijo ella sin abrir los ojos.

—Lo tengo —respondió Maurice—. Voy a criar palomas.

El rumbo de la vida de Jules About, que tenía nueve años y dormía en la habitación contigua, se había alterado.

5

Y empezó la locura: la construcción del palomar, la compra de una veintena de aves y el abastecimiento de granos y semillas. El arrullo de las palomas se volvió la música oficial del islote de los About.

Lo que había vislumbrado Maurice el día de la punzada era criar palomas mensajeras. No pensaba en ningún uso práctico; tan solo la idea de tener algo de su propiedad volando por los cielos picardos le parecía un lujo fascinante. Animado por aprender, buscó textos y manuales por los medios más competentes a su disposición, pero no pudo hacerse de ninguno especializado en la materia. Hubo de resignarse con las entradas de las enciclopedias y con el pasaje bíblico en que el Espíritu Santo desciende a la tierra. Como muestra de que su interés iba en serio, hizo llamar a un renombrado colombófilo belga para que lo ayudara a montar el palomar y le revelara los secretos de la domesticación de la paloma.

Jules no se despegó de su padre durante los días en que el experto visitó el islote. Juntos aprendieron sobre las distintas razas de palomas y su anatomía, el modo correcto de alimentarlas y aparearlas, las señales de enfermedad y las curaciones y, lo primordial, la ciencia del entrenamiento. El experto era un hombre de oraciones contundentes y claras, y Jules registró en un cuaderno la totalidad de lo que dijo. En general, se trataba de información muy útil, como la técnica para tratar un ala rota o la forma de ilustrar la genealogía de las aves. Pero también había datos de insólita naturaleza, como, por ejemplo, aquel que se le quedó grabado a Jules de por vida: «Todas las especies de paloma son comestibles».

Antes de partir, el experto les dejó a Maurice y a Jules dos cosas. La primera, una serie de revistas del club colombófilo al que pertenecía. La segunda, tres palomas que había llevado desde Bélgica; una era un regalo y las otras dos habían de soltarlas, en las próximas semanas, para comunicarle su progreso.

Así se iniciaron los About en el deporte, en la pasión de la crianza de palomas. Invirtieron una meticulosidad artesana en las técnicas de entrenamiento y se apegaron a las recomendaciones. Al fin y al cabo, el manejo del palomar no debía de variar mucho de la entrega y disciplina con que se dirigía la fábrica.

A diario liberaban la veintena de palomas, que volaban en círculos sobre el islote. El primer día en que bajaron del cielo, atendiendo el llamado de una lata con semillas, Maurice experimentó una explosión de alegría que lo condenaba a trabajar con ellas hasta la muerte. En cambio, el logro no representó para Jules más satisfacción que la de apuntar en su cuaderno lo que observaba: se había hecho la silenciosa promesa de escribir un estudio científico sobre la paloma.

Semanas más tarde, sin embargo, Jules no pudo disimular una clara felicidad cuando realizó con su padre la primera suelta. En unas canastas de viaje que habían confeccionado, aislaron a las cinco palomas que juzgaron como las más dóciles y remaron río arriba, hasta un campo que conocían. Antes de soltarlas, ambos admitieron tener la sensación de que no volverían a verlas. Las palomas salieron volando en direcciones distintas, y el batido de las alas sonó como una colección de libros hojeados por el viento. Al volver a casa, para su sorpresa, las cinco palomas estaban allí. Habían entrado al palomar por la trampa que les impedía volver a salir y se habían acomodado en las perchas. Claire, que las había visto llegar, dijo que había sido algo tan natural como cuando un gato se introduce por la ventana.

6

Para agosto de 1914, mes que se inauguró con la declaración de guerra de Alemania a Francia, el palomar de los About albergaba alrededor de doscientas palomas. Las había de múltiples razas, cada cual con características y comportamientos propios, pero Maurice y Jules las clasificaban en tres grupos generales: las mensajeras, las volteadoras y las de alto vuelo. Como sucedía con la fábrica, la operación del palomar la compartían en partes similares.

Por un lado, Maurice seguía profesando una devoción por las palomas que volvían a casa, y les brindaba a estas un esmero especial. Tras casi una década de afición, el único uso que les había encontrado era el de recibir mensajes de un primo que vendía en Cambrai el terciopelo de la familia; de este modo, se despachaban los pedidos. Con dicha salvedad, la crianza era regocijo puro.

Al cabo de los años, Maurice había llegado al punto en que lo agobiaba la faena de realizar desplazamientos para soltar a las palomas. Había resuelto buscar a personas en Amiens que estuvieran por emprender un viaje y les consultaba si estarían dispuestas a sumar un par de aves a su equipaje. Sin falta ofrecía una gratificación y sin falta las personas miraban con desconfianza las monedas, incrédulas por que alguien gastara así el dinero. Maurice les solicitaba que liberaran a las palomas por la mañana, no sin antes escribir en un papel la hora y el lugar exactos e introducirlo en el cilindro que llevaban en una pata. El vuelo más largo que había registrado había sido de ochocientos kilómetros.

Tras llegar a un acuerdo con los viajeros, Maurice no podía pensar en otra cosa más que en sus aves. Esperaba durante días con inquietud, alerta a la campanilla de la trampa del palomar; en cuanto la oía, se apresuraba a revisar la condición de las aves y a deducir la velocidad de su vuelo. Desde hacía mucho tiempo se podía decir que tenía dos ocupaciones porque ni siquiera en las temporadas de trabajo más arduas de la fábrica descuidaba las tareas del palomar.

Jules, por otro lado, se encargaba del entrenamiento de las palomas volteadoras y las de alto vuelo. Había sido él quien se había enterado de su existencia y quien había organizado las gestiones para trasladarlas al islote desde tierras lejanas.

Las palomas volteadoras eran una variedad que en pleno vuelo daban volteretas hacia atrás, dejándose caer hasta que recuperaban la horizontal. Tan solo ver una de ellas era espectáculo suficiente, pero liberadas en grupo interpretaban una coreografía inverosímil. La bandada volaba en círculos sobre el palomar, ajustando el diámetro y la velocidad, cuando de repente una paloma caía como si le hubieran disparado, girando sin tregua hacia atrás. Enseguida otra paloma, contagiada, replicaba el movimiento, y luego otra, y otra, y otra, y una más. La manera en que recobraban el vuelo era tan impresionante como el desplome. La nube de palomas, incansables, seguía formándose y deformándose durante varios minutos, hasta que se oía el llamado de Jules con la lata de semillas.

La gracia de las de alto vuelo, el tercer grupo, no obedecía a la orientación ni a la danza, sino a la resistencia. Se trataba de aves que podían volar sobre el palomar durante horas, en algunos casos hasta veinte. Jules guardaba una particular simpatía por la lealtad de esta variedad. Un día, en los primeros años de entrenamiento, justo cuando la bandada rebasaba la línea de las dieciocho horas en el aire, una paloma cayó en picado y se estampó contra el tejado del palomar. Un amasijo indescifrable de plumas y sangre fue lo único que quedó tras el golpe. La paloma había preferido morir de fatiga que contravenir la orden de vuelo.

En 1914 la reputación de los About estaba más que consolidada en el norte de Francia. Su apellido se había divulgado desde las primeras competiciones en que habían participado, invitados por su amigo, el experto de Bélgica. Aunque ni Maurice ni Jules disfrutaban demasiado las pruebas, con el tiempo las ganaron todas. Para ambos la verdadera victoria se cumplió la vez en que el experto de Bélgica viajó a los Hortillonnages junto con algunos miembros de su club colombófilo y se admiraron con el palacio en que se había convertido el palomar de los About, con las técnicas de adiestramiento tan afinadas y, en especial, con los cuadernos de Jules.

—Está armando el estudio definitivo sobre la paloma. Una biblia, si lo prefieren —dijo Maurice mientras los visitantes hojeaban los apuntes de su hijo—. La cosa va lenta, ¿saben? Nadie se pone a pensar de qué vive uno, cómo alimenta tantos picos. ¡Ah, el trabajo! Qué lastre.

7

El 4 de agosto de 1914, día en que las tropas alemanas ingresaron en territorio belga, Claire About recibió a sus hermanas para consultar los sortilegios de la adivinación.

—Quiero saber a qué mundo atenerme —dijo en referencia a la guerra de la que todos hablaban.

Era el único capricho que se permitía. Además de la administración de la huerta y la venta de la cosecha, solo se distraía con las novedades de su marido y su hijo. No tenía amistades ni pasatiempos. Le apasionaba cantar, pero hacía mucho que no podía hacerlo sin tener las manos ocupadas. Angèle y Thérèse, sus hermanas, la visitaban una vez por semana. Su habilidad profética había despertado tras la muerte de sus maridos, que viajaban en dos trenes que colisionaron entre sí. Desde entonces, decían, eran capaces de ver más allá de lo que se aprecia con el ojo, en concreto a través del tarot y la quema de laurel.

En la sala de estar, con las cortinas cerradas y una decena de velas encendidas, Angèle y Thérèse le leyeron las cartas a su hermana, que escuchaba con un gesto de seriedad. Fuera las palomas hacían arrullos y el sonido parecía llegar desde muy lejos. Cuando Claire sabía acomodar la interpretación de las cartas a su vida, asentía con la cabeza; de lo contrario, apretaba los labios y los acercaba a su nariz.

Luego las viudas pasaron a la quema de laurel y otras hierbas prodigiosas. En tal arte, la llama expresaba tanto como el humo, y en ocasiones también las cenizas. Claire cerró los ojos durante la interpretación de sus hermanas y pensó en las naciones beligerantes.

La sesión de ese día no fue distinta a cualquier otra, y Claire no aprendió nada respecto a la guerra que se avecinaba. Un comentario que hizo Angèle, ya acabados los sortilegios, la afectó más que las revelaciones previas:

—Tengo el presentimiento de que esta guerra se va a alargar por años.

Al anochecer, en la cama, Claire le repitió el comentario a Maurice, que no tenía fe en la habilidad de las viudas.

—Te aseguro que el asunto se resuelve antes de las Navidades —respondió él, y la besó.

En ese momento, a doscientos cincuenta kilómetros de allí, en Lieja, las tropas alemanas y belgas se preparaban para abrir fuego en la primera batalla de la Gran Guerra.

8

Maurice tenía un primo en Cambrai que regentaba una tienda de telas. Se llamaba Charles Laval. Una vez al mes, Maurice y Jules About recorrían en tren los ochenta kilómetros entre Amiens y Cambrai para entregarle una docena de palomas mensajeras, que luego él liberaba para hacer pedidos de terciopelo. Padre e hijo solían tomarse el trayecto como un respiro.

El viaje era tan solo una excusa para pasar tiempo juntos y platicar, en una complicidad no ya de padre e hijo ni de socios comerciales, sino de amigos. Hablaban de la naturaleza, de la situación política y de historias antiguas del apellido, pero sobre todo hablaban de las palomas que criaban, a las que ya se referían con nombres propios.

En Cambrai solían pasar una noche al menos, en casa del primo Charles. Como habían crecido juntos, Maurice disfrutaba su compañía con la informalidad de la infancia. A manera de agradecimiento por tantas atenciones que los About tenían con él en los negocios, Charles se esforzaba por indagar las novedades y rarezas del medio columbino, y en cada visita les compartía sus hallazgos. Estos consistían, de ordinario, en la aparición de la paloma en textos literarios, como los versos del antiguo poeta Anacreonte, y en historias célebres, casi legendarias, como la del magnate Nathan Rothschild, que multiplicó su fortuna en la bolsa de valores al enterarse, antes que nadie en Inglaterra y por medio de una paloma mensajera, del resultado de la batalla de Waterloo.

Así fue como los About escucharon acerca de los dos Julius, ambos de origen alemán, que los harían soñar con las posibilidades indefinidas de la domesticación de la paloma: Reuter y Neubronner. El primero había fundado a mediados del siglo anterior una agencia de noticias que, con una fabulosa flota de palomas, transmitía información entre Bruselas y Aquisgrán de modo más eficiente que el correo ferroviario. El segundo, aún en activo, era aclamado como uno de los pioneros de la fotografía aérea.

—Neubronner ha logrado algo notable —dijo Charles, dueño de la atención de Maurice y Jules, cuando les contó el caso—. Ha diseñado un arnés para palomas y ha montado en él una cámara miniatura. Cuando la paloma está en el aire, un sistema temporizador hace que la cámara dispare cada tanto. Ya reveladas, las tomas son fenomenales, simplemente fenomenales. —Entonces el primo Charles metió la mano al bolsillo de la chaqueta y cogió un papel—. No me pregunten cómo, pero he conseguido una de las fotografías y quiero obsequiársela a ustedes.

La imagen mostraba un castillo visto desde la altura, inmerso en un tupido bosque. Sin lugar a dudas, la fotografía había sido capturada por una paloma, pues en los bordes aparecían las puntas de unas alas.

—Carajo —dijo Maurice al inspeccionar la fotografía—, así se ven los sueños cuando se sueña que se vuela.

—Además de esto —añadió Charles—, Neubronner lleva años aprovechando las palomas mensajeras para la farmacia de su familia. Se dice que envía medicamentos a clientes de esta manera.

Jules About sonreía y negaba con la cabeza.

—Un genio —dijo—. Un maldito genio.

9

Sumado a su gusto por el tiempo a solas con Maurice y por las historias columbinas del primo Charles, Jules About tenía un inmenso interés por visitar Cambrai con la menor excusa, un interés que desde los quince años no lo dejaba dormir en paz, un interés que lo hacía perder la forjada disciplina de la rutina. Su nombre era Gin y era hija de Charles Laval.

Aunque se habían visto desde pequeños, no fue sino hasta la adolescencia cuando Jules y Gin se reconocieron como individuos, con alma y cuerpo, y no como miembros de una familia. Aconteció en la tienda de telas del primo Charles, en un momento en que se quedaron solos atendiendo a una mujer que buscaba una tela para un vestido. Jules tuvo que bajar de las repisas más altas algunos rollos completos y enseguida volverlos a acomodar, pero la descomunal fuerza de sus brazos lo hacía parecer sencillo. Crepés, tules, satenes y muselinas, Gin colmó a la clienta de variedades. Mientras describía las ventajas de cada una, pasaba las yemas de los dedos de lado a lado del lienzo que desenrollaba, como si rozara la superficie del agua. Hablaba lento, midiendo cada palabra, y, aunque su tono era alegre, no subía demasiado la voz. Cuando por fin la clienta se decidió, Gin midió y cortó la tela con destreza y le pidió a Jules que cobrara.

—Me pregunto cómo va a quedar el vestido —dijo Gin en cuanto la clienta se marchó.

Estaba al fondo de la tienda acomodando lo que había movido de sitio. Tenía el pelo rubio hasta los hombros; algunos mechones le caían sobre el rostro y ella se los pasaba una y otra vez detrás de las orejas. Jules la miraba desde la entrada.

—Me gustaría ver el resultado —continuó Gin—. Es una mujer hermosa.

Jules se dirigió hacia ella caminando sobre una cuerda imaginaria, y Gin, que seguía acomodando algunas cosas, no lo advirtió hasta que lo tuvo delante. Entonces guardó silencio. Jules le colocó las manos alrededor de la cintura y la alzó para sentarla sobre una mesa. Fue un beso quieto y largo. Al inicio la temperatura de los labios sugería que ambos habían comido hielo; luego, con el fervor del aliento, el beso se templó. Cuando terminaron, Jules la volvió a tomar por la cintura y la devolvió al suelo. Gin era más delgada que un rollo de tela.

A partir de ese día empezaron a aprovechar cada minuto de las visitas de Jules a Cambrai. Abordaban el tranvía y recorrían la ciudad completa, aparentando que contaban con un destino. Se apeaban en la estación más retirada de la casa de los Laval y caminaban de regreso, dos pasos hacia delante y uno hacia atrás.

Jules hablaba sobre sus observaciones científicas y el trabajo con las palomas que criaba.

—No sé cuál es el punto de los entrenamientos —decía, por ejemplo—, pero sé que no es solo un pasatiempo. Hay una pizca de arte y otra de ciencia.

—También hay una pizca o dos de magia, Jules —respondía Gin—. Entrenar palomas es como controlar aviones desde tierra.

Gin hablaba de lo mucho que disfrutaba las novelas de aventuras y de los intentos, fallidos pero constantes, que hacía por escribir una propia.

—No creo que sea forzoso haber vivido aventuras para escribir aventuras —decía, por ejemplo—, pero en definitiva me ayudaría bastante.

—No lo sé —respondía Jules—, a veces las aventuras de la vida real no son placenteras.

Cuando los periodos de separación se tornaban insoportables, Gin le enviaba a Jules mensajes con las palomas que él y Maurice llevaban cada mes a Cambrai. Al principio, para disimular, Jules se encargó de aumentar el número de palomas que le dejaban al primo Charles, pero al cabo de un tiempo no hubo que esconder nada: dispuso una docena de palomas y las entrenó para que volaran a la inversa, de Amiens a Cambrai. Él y Gin, que no eran ya unos niños, mantenían una correspondencia. Nadie lo consideró extraño.

En los mensajes, él detallaba sus paseos por los Hortillonnages, la operación de la fábrica y sus excursiones por el campo. Ella, desprovista de una libertad tan vasta, resumía la trama de los libros que devoraba y compartía las dificultades de sus empeños literarios. También, en ocasiones, escribía una descripción sobre alguna tela que había llegado a la tienda; ese ejercicio, decía, había de ayudarla a ejercitar la pluma. Jules quedó convencido de sus dotes literarias cuando, al leer un mensaje que se centraba en una tela de lino, lo atacó un furor inexplicable que por poco lo lleva a salir de casa, recorrer la distancia entre Amiens y Cambrai, tumbar las puertas de la casa de los Laval y, por último, averiguar hasta las últimas consecuencias la textura de la piel de Gin.

Quién sabe cuándo, su amor dejó de ser un secreto. Nadie lo consideró extraño.

10

Para el cumpleaños número dieciséis de Gin, días antes del asesinato del archiduque Francisco Fernando de Austria, los About organizaron una comida en el islote y ella asistió con sus padres. Jules pudo por fin mostrarle el palomar, la colección de rocas y minerales y los cuadernos de la investigación sobre la paloma.

—Es hermoso, verde y hermoso —dijo Gin al recorrer el islote—. Imagino que estoy lejos de todo.

Antes de la comida, mientras los mayores tomaban el aperitivo, Jules la llevó en bote a conocer la fábrica de terciopelo, río abajo. Era día de descanso y sus pasos hicieron eco por el lugar.

—Es perfecto, frío y perfecto —dijo Gin—. Puedo ver las máquinas moverse.

Luego entraron al cementerio, que colindaba con la fábrica, y se plantaron frente a la tumba de Jules Verne.

—Mi escritor preferido —dijo ella.

—Lo sé —dijo él.

En la tumba había una escultura de mármol que representaba al escritor emergiendo de la tierra, con el rostro vuelto hacia el cielo y un brazo estirado para alcanzarlo.

—Qué cosa más rara —dijo Gin—. Me encanta.

De vuelta en el islote, la convivencia fue de júbilo y celebración. Maurice dijo unas palabras y exhortó a Claire a cantar. Ella se resistió hasta el último momento; sin embargo, más tarde el problema fue frenarla.

Charles Laval y su mujer, France, no paraban de agradecer la invitación.

En la sobremesa los mayores cayeron en una conversación nostálgica, y Jules y Gin aprovecharon para levantarse y remar por los canales del Somme. La tarde agonizaba en una transparencia tranquila.

Vararon el bote cerca de un campo que le gustaba a Jules, río arriba, y caminaron por entre la hierba. Algunos grillos chirriaban, soñolientos. Bajo un espléndido castaño, Jules tomó a Gin por la cintura, esa cintura compacta, y la besó. El viento apenas soplaba. Gin se detenía cada tanto y separaba la boca para respirar. Al recuperar el aliento, soltaba un gemido y volvía a unir sus labios. El gemido, corto y agudo, enloquecía a Jules, que cada vez arremetía con mayor fervor para obtener otro lo antes posible.

Contactos tan embravecidos los habían compartido antes, en las pocas oportunidades de intimidad, pero ese día un peso distinto los dominó. Jules se atrevió a alargar las manos hacia lugares inexplorados y ella lo permitió, lo retribuyó y lo reivindicó. Cuando no quedó más por hacer, Jules intentó llevarla al suelo, pero Gin resistió el magnetismo hasta chocar de espaldas contra el tronco del castaño y dijo:

—Mi vestido.

Así que resolvieron entregarse de pie al amor, en un asombroso acto de equilibrio.

En la cumbre del placer, Gin tomó a Jules por la nuca y lo atrajo hacia su pecho. Él acudió al llamado, enterró el rostro en su piel y, con urgencia, comenzó a besarla. De inmediato ella gimió. Jules trepó por su cuello delicado y la continuó besando en la barbilla, en la garganta y detrás de las orejas. La salinidad de la piel de Gin le pareció exquisita.

Al fin sus miradas se volvieron a encontrar. Ella abrió mucho los ojos, ostentando un intenso azul celeste, pero, por más que quiso, no pudo fijarlos en ningún punto. Entonces su pulso se aceleró sobremanera y gimió sin reserva.

En el trayecto hasta el islote no intercambiaron palabra. El sonido de los remos contra el agua era absorbente. Jules tenía aún el corazón acelerado, y las manos le temblaban. Concentrada en lo que ocurría en las orillas, Gin se acariciaba el cuello y se mordía el labio inferior. De pronto Jules advirtió en el cielo una bandada de palomas y se lo hizo notar a Gin. Eran las volteadoras, que Maurice había liberado. Primero una paloma giraba hacia atrás, fulminada por un proyectil intangible, y a continuación otra la secundaba.

—Qué cosa más rara —dijo Gin—. Me encanta.

11

En agosto de 1914 el avance de las tropas alemanas por Bélgica fue implacable. Tras vencer a los británicos en Mons a finales de mes, comenzaron a marchar hacia el sur, profanando la soberanía francesa. Los aliados hicieron todo lo posible por sostener la guerra en las fronteras, pero durante dos semanas se vieron forzados a emprender una gran retirada hacia el interior de Francia, hasta las afueras de la capital.

Unos días antes, en Viena, el filósofo Wittgenstein se presentaba como soldado en el Ejército austriaco y, en Múnich, Hitler hacía lo propio en un regimiento de infantería. En Praga, Kafka escribía *El proceso*, al mismo tiempo que Einstein, en Berlín, seguía trabajando en la teoría de relatividad general. Churchill, primer lord del Almirantazgo, supervisaba los movimientos navales y aéreos de la nación, y el teniente De Gaulle, al frente de un pelotón en Dinant, recibía un balazo en la pierna.

Las ciudades francesas que los aliados dejaron atrás en la retirada vivieron varios días en el limbo, por sí mismas, a la buena de Dios. Fue un periodo de miedo y confusión. Todo indicaba que los alemanes tomarían París.

12

El 27 de agosto de 1914, al atardecer, sonó la campanilla de la trampa del palomar, y Maurice y Jules salieron de la casa para ver de qué se trataba.

Era un mensaje del primo Charles.

«Hoy llegaron los alemanes —decía—. Hace dos días nuestro ejército se marchó. Los alemanes han hecho algunas detenciones. También entran a las casas y hacen disparos para difundir miedo. ¡Como si fuera necesario! Nosotros estamos bien. Guardados, en silencio, esperando. Tengan cuidado. Ellos siguen avanzando. Un saludo».

Antes de reparar en la angustia que lo hostigaría por días, semanas, meses, Jules pensó en el número de palomas que les quedaban a Charles y a Gin.

—Ocho —dijo en voz alta. Y luego le aclaró a su padre—: Aún tienen ocho palomas.

Los About, por su parte, contaban con seis de las palomas que Jules había entrenado para volar hasta Cambrai. Decidieron no escribir una respuesta mientras no hubiera novedad.

Jules pasó en vela esa noche, imaginando que una infinidad de botas invasoras pisaban las calles de Cambrai. Recreó en la mente los gritos de las personas desalojadas y los disparos fortuitos a lo largo del día. En su desvelo, cuando la cama se volvió insoportable, se incorporó y escribió unas líneas en un pedazo de papel. Era un mensaje para Gin. En la soledad de la noche, recorrió su dormitorio, indeciso. Releyó las líneas, respiró con profundidad y terminó por meterse a la cama. Sin embargo, apenas cerró los ojos, una descarga eléctrica lo hizo levantarse otra vez y dirigirse con premura al palomar.

Era la hora de nadie en Amiens.

En las jaulas, entre las seis palomas inconfundibles, Jules pescó a la más veloz: una pequeña hembra, de un gris pálido, con un par de líneas negras en las alas.

—No me falles, bonita —susurró mientras acomodaba el mensaje en el cilindro del ave.

Jules About esperó la primera claridad de la madrugada para liberar a la paloma, que de inmediato se perfiló en el aire hacia Cambrai.

El mensaje, sin destinatario ni remitente, decía lo siguiente:

«La valentía no es algo que se produzca a voluntad cuando se requiere. La valentía se invoca. Hay que cerrar los ojos y pensar en los rostros familiares, en las risas amigas, en los labios enamorados. Así se invoca. Recordar las historias leídas, las canciones cantadas, los juegos jugados. Así se invoca. Es como llamar a tierra a una paloma en vuelo. Es como obtener una tela suave a partir de las fibras más ásperas. Un terciopelo, por ejemplo».

Cuando la paloma se marchó, Jules no pudo deshacerse de la sensación de que enviar el mensaje había sido una equivocación.

13

El día 29 sonó un estruendo lejano de bombardeos que se prolongó veinticuatro horas. En Guisa y San Quintín, setenta kilómetros al este de Amiens, el V Ejército francés trataba de cortarles el paso a los invasores. Maurice y Jules suspendieron las actividades de la fábrica y se encerraron en casa. En tal incertidumbre, la fertilidad y el aislamiento de los Hortillonnages constituían una fortuna sustancial.

Preparándose para el peor de los escenarios, Claire les ofreció cobijo a sus hermanas, y ellas aceptaron. Su llegada significó el establecimiento de un templo de adivinación en la sala de estar, que operaba de sol a sol. Maurice y Jules, desconfiados de los sortilegios de las viudas, apenas se asomaban por allí. Ambos se sustraían de la realidad con los libros y el cuidado del palomar. Claire, en cambio, duplicó su fe. Se obsesionó por consultar las cartas y las hierbas antes y después de cada comida. Daba la impresión de que, en la dificultad de las circunstancias, la habilidad de Angèle y Thérèse se había afinado. Las interpretaciones eran ahora precisas y claras.

—Al cabo de la guerra, habrá cambiado el mapa de Europa —decía una—. Caerán varias naciones y se fundarán algunas nuevas.

—Será la guerra más sangrienta jamás vista —decía la otra rematando la declaración anterior—, y no será la última, por supuesto.

El estruendo de los bombardeos les brindaba a las sesiones un aire más solemne que de costumbre.

Algunas columnas alemanas entraron a Amiens el 31 de agosto, pero su presencia no fue tan patente como en otras ciudades porque el Ejército siguió marchando hacia París, en una rápida serie de victorias. Aun así, requisaron armas y alimentos, tomaron una docena de rehenes y le exigieron al Ayuntamiento una contribución de guerra.

Los About no abandonaron el islote. La única referencia con que contaban de lo que sucedía en la ciudad era la tensión que flotaba en el aire. Por el cielo empezaron a volar aviones. A quien más afectó la cuarentena fue a Maurice, que sufrió la inoportuna embestida de uno de esos ímpetus por trabajar. Jules lo miraba dar vueltas por el islote, en busca de labores, y por primera vez lo escuchó hablar con temor sobre el destino de la fábrica de terciopelo. Maurice no pudo siquiera acudir a la intimidad con su mujer, puesto que, desde la llegada de Angèle y Thérèse, una brecha se había abierto entre ellos, una brecha que, en términos generales, dividía los territorios de la lógica y la fe.

El primero de septiembre, en la madrugada, volvió a sonar la campanilla del palomar.

«A Jules —decía el mensaje—: Una pieza tan grande como las banderas de los palacios, pero ligera y fría como la niebla. El nombre hay que decirlo en voz baja: seda. Si fuéramos honestos, habría que describir el color de la tela como trigo, color trigo húmedo, color trigo a las seis de la tarde. Pero acaso es preciso mentir: los tonos de la seda solo existen en la seda. El color de la pieza podría llamarse arena de pan, arena de isla olvidada, arena del centro de la tierra. La seda que tengo entre las manos y que observo durante horas podría ser el estandarte oficial de una revolución en otoño.

El tacto es sereno y líquido. Se antoja mancillar su refinamiento. Bajo un castaño, por ejemplo».

—Siete —dijo Jules al terminar de leer el mensaje—. Le quedan siete palomas.

Y lo volvió a leer.

14

El 5 de septiembre, a orillas del río Marne, comenzó la batalla que por fin habría de detener el avance alemán por Francia. La magnitud fue formidable: un millón doscientos mil alemanes contra un millón de franceses y cien mil británicos. Tras cuatro días, la victoria aliada supuso una retirada alemana de cien kilómetros, y entonces los ejércitos fijaron posiciones y cavaron las primeras trincheras. La idea de una guerra rápida se esfumó en el aire.

Ese septiembre, un periódico estadounidense se refería por primera vez a la guerra con el adjetivo de *mundial*. Y es que el conflicto había escalado a una dimensión jamás vista. Al cabo del mes una decena de países se habían declarado la guerra. Además de los frentes en el occidente y oriente de Europa, se combatía en varias colonias del Pacífico y de África. La guerra moderna se esparció por los cielos y los mares creando enfrentamientos insólitos. Había submarinos y zepelines, motocicletas y automóviles, ametralladoras y granadas de gas venenoso. Una devastación inconmensurable estaba a las puertas de la humanidad.

En el frente occidental los ejércitos extendieron a toda marcha la línea de trincheras hacia el norte de Francia, luchando a muerte por flanquear al enemigo. El resultado fue una barrera de alambre de espinos que iba desde el mar del Norte hasta la frontera de Suiza.

Las poblaciones de Amiens y Cambrai quedaron separadas. Amiens permaneció bajo dominio francés; Cambrai, bajo dominio alemán.

Y así habrían de continuar hasta el final de la guerra.

La Gran Guerra.

15

Para finales de septiembre, Maurice había perdido la calma. Los temperamentos por los que solía gobernarse, el industrioso y el de descanso, se habían fundido en uno nuevo, salvaguardando cada cual lo peor de sí. La fábrica de terciopelo no había vuelto a abrir sus puertas, tanto por el comercio detenido como por el desabastecimiento de materia prima. Maurice dormía a deshoras y callaba durante grandes intervalos. Tenía tan alterados los nervios que había perdido la concentración para leer. A veces le daba por caminar alrededor del islote hasta que las piernas se le vencían; otras veces permanecía en cama todo el día. El único esparcimiento que le quedaba era el trabajo en el palomar.

Jules, en cambio, había manejado la circunstancia con mayor aplomo. Se entregó a la relectura de sus libros preferidos y al desarrollo del estudio sobre la paloma. También remaba a diario y con ello aseguraba el buen dormir. A pesar de la angustia general de la guerra y la específica de estar separado de Gin, la disciplina de la rutina le generaba la sensación de sacarles provecho a las jornadas. Solo lo alteraba recibir mensajes de Cambrai, pues la ocupación alemana comenzaba a endurecerse.

«Fusilaron a siete curas —había escrito el primo Charles—. Lo hicieron en la plaza, a mediodía, y nadie pudo hacer nada. Han confiscado las armas del pueblo bajo pena de muerte».

Al leer novedades de esta naturaleza, Jules experimentaba una angustia corrosiva, pero no daba señales de quebranto: se limitaba a redoblar el esfuerzo con que remaba.

Su aplomo se fue a pique el primer día de octubre, cuando llegó al islote la última paloma que le quedaba al primo Charles.

«Es hora de despedirnos —decía el mensaje—. Aunque nos restaran emisarios, esta sería mi última comunicación. Los alemanes han prohibido la posesión de palomas. Hoy por la mañana ha llegado hasta nosotros el rumor de que al señor Savarin, un colombófilo local, lo han forzado a matar con sus propias manos a todas sus aves. Además, les comparto que he aceptado alojar en casa a un oficial alemán y a su secretario, cuya llegada será en unas semanas. Esto, me parece, podría traernos ciertas prerrogativas más adelante. Así que, de cualquier modo, es hora de decir adiós. Llévense un abrazo enorme de nuestra parte. Ojalá que pronto estemos hablando de todo esto en una mesa repleta de vinos y cantos y risas. La mejor de las suertes».

En el cilindro que llevaba la paloma había un segundo mensaje. Era la descripción de un terciopelo elaborado en la fábrica de Amiens.

Si bien Jules no modificó su rutina, hizo lo único que nadie esperaba de él: se acercó a escuchar las adivinaciones de sus tías. No participaba de manera directa, pero se acomodaba en la sala de estar y prestaba atención a lo que Angèle y Thérèse veían en las cartas y el laurel. Solía sentarse allí durante lapsos breves, de veinte minutos a lo sumo, y enseguida salía a trabajar con las palomas. Algo en los ojos se le había extinguido. Claire trató de hablar con él, pero Jules se desentendió con la indomable evasión de la adolescencia.

Durante las labores en el palomar, Maurice tuvo mayor éxito con su hijo. No es que hablaran de sentimientos en concreto, sino que los comentarios en torno a las palomas aludían de lejos a las penas del amor y la guerra.

—Tan solo mira al conde de Buffon —decía, por ejemplo, Maurice señalando al palomo de tronco robusto y azulado—. Está mal.

—Sí —decía Jules—, he notado que no come mucho.

—¿Recuerdas que en verano trajo con sus arrullos a dos palomas de la ciudad?

—Charlotte y Florence.

—Quizá habría que hacer algo con el pobre conde.

—Charlotte se escapó unas semanas después y no volvió.

—Soltarlo río arriba y ver qué pasa —decía Maurice—. O encerrarlo con una hembra.

—A lo mejor las bombas afectan al conde, o incluso este aire del demonio.

—Puede ser.

—Porque has advertido que el aire es otro, ¿no es así? —decía Jules e inflaba los pulmones—. Se sienten los nervios vivos de la región, y las palomas son seres muy sensibles.

—Del país entero, hijo.

—A lo mejor el conde de Buffon no quiere sentarse a esperar a que la guerra pase.

—Sí, démosle un tiempo.

—¿Qué tal si lo soltamos y acude a los bombardeos? A veces, cuando hay fuego, solo dan ganas de cruzarlo, ¿me entiendes?

El catálogo de comportamientos de la paloma era tan variado como el de los sentimientos humanos.

16

Una mañana, a inicios de octubre, Maurice marchaba alrededor del islote con un empeño especial, como si lo hiciera por entre la nieve. En la casa, a oscuras, Claire y sus hermanas se consagraban a los primeros sortilegios del día. Por su parte, junto al palomar, Jules dibujaba en un cuaderno y vigilaba al grupo de palomas de alto vuelo que había liberado desde la madrugada.

En eso, un bote atracó en el pequeño muelle del islote y descendió un oficial seguido de tres soldados en uniforme. La maniobra, discreta pero inusitada, causó que Maurice aligerara la marcha, como si de pronto anduviera sobre el hielo. Al acercarse a los visitantes, advirtió que su mujer y las viudas habían descorrido las cortinas de la sala y que Jules estaba más interesado en lo que sucedía en la tierra que en el cielo.

—¿Señor Maurice About? —dijo el oficial, y alzó la mirada hacia la nube de palomas.

—Señor —replicó Maurice.

—Maurice About, criador de palomas, tengo un telegrama para usted. —El oficial se volvió hacia uno de los soldados, que le entregó un papel. Le echó una rápida mirada y enseguida se lo extendió a Maurice—. El Ejército de Francia lo cita para el día de mañana, en el cuartel Friant de Amiens, a las once horas.

—Señor —volvió a decir Maurice y cogió el papel.

—Su patria lo reclama.

Aquel día, en la mesa familiar no se habló sobre el telegrama, pero por la tarde Maurice tomó su viejo rifle de caza y se puso a practicar tiros en la huerta. Su puntería era magnífica.

Antes del ocaso llegó una paloma al islote. Maurice la iba a tomar para mirar el mensaje cuando Jules lo detuvo.

—Es para mí —dijo—. Me había olvidado de ella.

Semanas antes la paloma se había herido un ala y Gin la había estado curando.

«El amor, como la valentía, se invoca —decía el mensaje—. Hay que cerrar los ojos y pensar en la persona amada, en su voz, en su aroma y en su piel. Así se invoca. Recordar el beso de la tienda de telas, las caminatas repletas de risas, los emotivos paseos en bote. Así se invoca. Es como escribir una aventura que quieres vivir. Es como enviar un mensaje con una paloma invisible. Un mensaje de amor, por ejemplo».

Jules About acarició por un largo rato a la paloma herida.

17

Jules encontró a su padre frente al palomar, con la mirada aferrada a la nada. El amanecer, frío y silencioso, apenas rayaba en el cielo.

—Papá.

—Jules.

—No has dormido.

—He dormido fantástico.

Las palomas aún no empezaban con su aleteo. Seguían arrellanadas unas con otras.

—Siempre me gustó que tuvieras dos ocupaciones —dijo Jules con la voz ronca del sueño—. Sentía algo de libertad, ¿sabes? Nunca te lo dije.

—Me alegra, hijo.

—Pude haber elegido una sola ocupación, pero decidí participar en las dos. El terciopelo y las palomas.

—Ah, el terciopelo.

Unos leves arrullos se oyeron dentro del palomar, unos arrullos cargados de tristeza.

—En todo hemos trabajado juntos, ¿no es cierto? Desde que era pequeño hasta hoy. Juntos en todo.

—Es verdad.

—He sido eso que llaman un buen hijo, ¿no?

—Jules, por supuesto. El mejor.

—La fábrica y el palomar, mitad y mitad.

—Mitad y mitad.

Una paloma salió de los cajones del fondo y se instaló en una percha al frente de la gran jaula. Era blanca y su plumaje brillaba como el cristal.

—Bien —dijo Jules y se aclaró la garganta—. Pues en esto tenemos que estar juntos también.

—No, hijo.

—Tenemos que ir los dos.

—No, hijo.

—Mitad y mitad.

Otra paloma apareció desde la oscuridad del fondo, picó varias veces el suelo y se posó en una percha. Los arrullos del resto de las palomas fueron ganando volumen y ritmo. El cielo se había hecho púrpura.

—Hasta el día de hoy he escrito trescientas páginas sobre la paloma. He estudiado las variedades, el comportamiento, la orientación. Pero ¿sabes qué es lo que más admiro, papá?

—Jules.

—Su sentido de pertenencia.

—Jules.

—Pertenencia al palomar. Esa es la base de lo que hacemos. Todo depende de qué tanto estén las palomas conectadas al palomar. Sin ello, no volverían, no volarían en círculos sobre nosotros, no bajarían del aire al oír nuestro llamado. Una paloma sin sentido de pertenencia es un pájaro cualquiera.

El canto lejano de los gallos terminó de despertar a las palomas, que ya batían las alas y hacían arrullos, exaltadas por el cielo enrojecido.

—Juntos, papá —dijo Jules y tomó por los hombros a Maurice. Sus frentes se tocaron—. Yo también tengo una lucha que luchar.

Los ojos de los About, asimismo, brillaban como el cristal.

—Mitad y mitad, ¿eh? —dijo Maurice sonriendo con un extremo de la boca.

—Mitad y mitad.

Las campanas de la catedral de Amiens repicaron.

Era un día nuevo.

18

Más que de un cuartel militar, aquello tenía la pinta de un manicomio, un manicomio repleto de uniformados que iban de aquí para allá con cajas en las manos. Para Maurice y Jules, abrirse camino entre la agitación fue el primer desafío; el segundo, dar con la oficina indicada. Conocieron un extremo y otro del enorme edificio, además de múltiples niveles. Cuando por fin hallaron la oficina, esperaron en la antesala casi una hora. Sentados allí, pudieron observar que el tránsito alocado en los pasillos respondía, después de todo, a una misteriosa y exacta relojería.

Los recibió un comandante de apellido Labbé, sentado ante una mesa repleta de papeles. Fumaba con singular ansiedad; de hecho, al momento en que se presentaron los About, había cigarrillos encendidos en distintos ceniceros.

—About —dijo el comandante Labbé y se dispuso a buscar un documento entre el papelerío de la mesa—. About, About —repitió revolviéndolo todo como en un conjuro de invocación—. ¡Ajá! Aquí lo tengo. Maurice About, criador de palomas. Sí, el Ejército de Francia requiere de sus servicios.

Entonces Labbé hizo un resumen sobre la situación de los aliados en el frente occidental. Aunque no se había puesto de pie, por sus hombros estrechos se podía adivinar que era de estatura más bien baja. Hablaba deprisa y movía las manos en el aire con efusión, esparciendo el humo de los cigarrillos.

—Se está formando un gran nudo en Flandes Occidental. Los resultados de las batallas en la zona van a trazar el último tramo de la línea de trincheras, es decir, la posición del enemigo en la costa. Se vienen semanas decisivas. —El comandante Labbé hizo una pausa y aplastó las colillas que aún despedían hilos de humo—. Lo que necesitamos de usted, señor About, es su ayuda para la comunicación en el frente. Uno piensa que la guerra se gana solamente con disparos, pero eso es falso. —Labbé golpeó la mesa, hizo con los dedos una pistola y la apuntó hacia Jules, que le sostuvo la mirada—. Se gana con una buena comunicación, con un buen sistema de transporte, con un buen servicio de alimentos. Y los británicos nos han pedido ayuda para establecer el sistema de palomas en el área de Ypres. El problema no es cuestión de desabastecimiento de aves, sino de adiestramiento y organización, ¿entiende? Pero el Ejército francés no puede costearse ahora el préstamo de hombres. Nosotros también tenemos nuestros problemas con la comunicación, ¿sabe? Y es allí donde entra usted, señor About.

Soltada la bomba, el comandante Labbé intentó infundir confianza en Maurice diciéndole que no haría más que montar palomares en la retaguardia y que en teoría no se expondría a demasiados riesgos.

—En teoría —dijo Maurice.

—Es una guerra, señor.

Jules no modificó su postura. Tuvo la intención de mirar a su padre y descubrir qué gesto tenía, pero se esforzó por mantener la atención en Labbé.

—El cuartel general británico se está instalando a cien kilómetros de aquí, en Saint-Omer. Pasado mañana un tren con suministros parte hacia allá desde la estación de Amiens.

¿Ha entendido? Pasado mañana. Lo necesito a bordo de ese tren, señor About.

Se hizo un silencio. El comandante Labbé encendió un cigarrillo y se echó hacia atrás en la silla. En ese instante Jules miró a su padre, cuyo gesto no expresaba mucho. Maurice se encorvó y se llevó las manos a la nariz. El silencio se alargó. Un soldado irrumpió en la oficina y le entregó un telegrama a Labbé.

—¿Y bien, señor About? —dijo el comandante tras echarle un vistazo al mensaje—. ¿Qué dice?

—Allí estaré, señor, en el tren, pasado mañana.

—Perfecto. Su nombre ya está en la lista de pasajeros. En Saint-Omer recibirá instrucciones más precisas. También uniforme.

Labbé se puso de pie y se quedó detrás de la silla. En efecto, era un hombre bajo.

—Solo una cosa, comandante —dijo Maurice.

—Hable, señor About.

—Agregue el nombre de mi hijo. Él es el verdadero experto en materia de palomas. Se llama Jules.

El comandante Labbé lo miró de golpe, como al telegrama que recién había recibido.

—¿Cuántos años tienes, muchacho?

—Diecisiete, señor —contestó Jules.

Labbé negó con la cabeza, apartó la silla de su pecho y dijo:

—Quieres decir casi dieciocho.

—Exacto. Casi dieciocho, señor.

—Perfecto, Jules About, criador de palomas —dijo Labbé. Y remató—: Perfecto.

Para salir Maurice y Jules volvieron a abrirse paso por el gentío del cuartel. Aquello era como transitar por una zona de fuego cruzado.

19

En cuanto escuchó la noticia de que su marido y su hijo se marchaban de casa, Claire se sumergió en los sortilegios de la adivinación con una fe desesperada. En un soplo había perdido el interés en los sucesos terrenales, y se dispuso a investigar sobre el destino de la familia a través del tarot y la piromancia. Maurice y Jules la miraron saltarse las comidas y descuidar la huerta, arrinconada con las viudas en la sombra de la sala, pero no protestaron: era una batalla excesiva.

Mientras Jules se dedicó a practicar con el rifle, Maurice se encerró en la biblioteca. Abrió sus libros predilectos y leyó algunos pasajes en voz alta, a manera de despedida. Las temáticas eran muy variadas, y los saltos de un libro a otro le generaban un placer especial. Cuando Jules estuvo satisfecho con su puntería, se apareció en la biblioteca para hablar con Maurice sobre las palomas que habían de llevar consigo.

—Necesitamos... —dijo Jules—. No lo sé, unas veinte o treinta aves, que lideren allá los palomares.

—Y que puedan aparearse —dijo Maurice—. Hay que pensar en eso.

—Sí, no se sabe con qué tipo de palomas habrá que trabajar.

Lo que siguió fue el listado de las opciones más viables. Los nombres de las aves correspondían a una etimología insondable.

—Eda, Melba y Cocoa —dijo sin titubear Jules y levantó

tres dedos—. Luego están Luli y Boontash. —Levantó dos más.

—Se me ocurre Arlo, se me ocurre Lodi, se me ocurre Rut —dijo Maurice.

Cuando terminaron la selección, salieron al palomar y prepararon las canastas de viaje.

—Hay que hablar con mamá sobre el cuidado del palomar —dijo Jules—. Tiene que hacerse cargo y practicar los ejercicios con el resto de las palomas.

—No creo que ahora ella esté en condiciones de escuchar nada, hijo. Pero tengo una idea que puede funcionar —dijo Maurice, y entró a la casa.

Minutos después Jules sintió que debía limpiarse la mirada: Maurice volvía al palomar seguido de Angèle y Thérèse. Jules iba a protestar, pero solo alcanzó a decir: «Papá», pues Maurice, oliendo lo que venía, extendió la palma de la mano y lo interrumpió:

—Vamos a intentarlo.

Padre e hijo dieron entonces una cátedra sobre la paloma y su domesticación como no se había dado otra en la historia del norte de Francia. Vertieron una década de experiencia y observación en poco más de dos horas, tomando y cediéndose la palabra con naturalidad. Las viudas se mantuvieron en completo silencio, observando sin intriga los procedimientos del palomar.

La parte final de la cátedra consistió en liberar primero a las palomas de alto vuelto, y a las volteadoras a continuación. Cuando la última bandada bajó del cielo, Maurice y Jules se quedaron sin nada más que decir. Las viudas tomaron cada cual una paloma y se apartaron para platicar en secreto.

—Listo —dijo Angèle al acercarse de nuevo—. Nosotras nos encargamos.

—Resulta que nos encantan las palomas —dijo Thérèse—. Simplemente no lo sabíamos.

Ambas cargaban una paloma entre los brazos y la acariciaban como si se tratara de un felino. Las palomas, bajo un hechizo, se dejaban hacer.

20

Un día antes de partir, Jules remó río arriba por última vez. Como no podía despedirse de Gin, pensó que el castaño de su amor podría ser una buena alternativa. Varó el bote donde aquella vez y anduvo el mismo camino. El árbol seguía allí, espléndido y verde; el entorno, sin embargo, ahora le parecía sin color. Pasó las manos por el tronco y por algunas ramas, que eran sinuosas y flexibles. Luego dio unas vueltas alrededor apreciando las distintas caras del castaño. Cuando eligió una perspectiva, se alejó unos pasos, se sentó en el suelo y comenzó a dibujar en su cuaderno.

La técnica de Jules era buena. Desde hacía tiempo las ilustraciones con que acompañaba los apuntes eran mucho más que referenciales; el manejo de sombras y el refinamiento del puntillismo las convertían en obras de arte. Aunque sobre todo había retratado animales, disfrutaba dibujando flores y árboles. El castaño tenía un par de raíces sobre la tierra y algunos hongos crecían a la sombra de estas. En la parte inferior del tronco se habían desarrollado abultamientos que invitaban a treparlo, pero más arriba era liso. Mientras dibujaba, Jules reprodujo en la mente la escena con Gin. Movía el lápiz sobre el papel con lentitud y suavidad, evocando el perfume y el ambiente de aquel día. Las ramas primarias le recordaron la cintura esbelta de Gin; las secundarias, su cuello delicado.

Al remar de vuelta a casa, Jules descubrió que no tenía

miedo de marcharse al día siguiente. «La valentía se invoca», recordó. Acercarse a la guerra era un modo de acercarse a Gin. Como no tenía una fotografía de ella, llevaría el dibujo del castaño consigo, en algún bolsillo cerca del pecho.

21

El último día de los About en el islote, Claire volvió a la realidad. No quiso hablar con sus hermanas ni habitar en la oscuridad de la sala. Desde temprano, con una solemnidad religiosa, se afanó en acicalarse. Preparó una bañera de agua caliente con sales y luego una de agua fría; se trató el pelo con miel y aceite de oliva, y se masajeó el cuerpo con una loción de lavanda. En las horas que le llevó el ritual, no dejó de cantar, vocalizar, tararear melodías, coplas, tonadillas vaporosas, tristes, sigilosas. La casa entera entró en calma con los aromas y la cadencia.

Al atardecer Claire se introdujo en la biblioteca. Su marido leía, absorto del mundo, con el rostro pálido y cansado. Sin pronunciar palabra, le arrebató el libro que tenía en las manos y lo arrojó hacia cualquier lugar. Maurice apenas tuvo oportunidad de despabilarse, pues enseguida Claire se abalanzó sobre él y lo besó.

Urgentemente.

Pasada la primera embestida, Claire adivinó que su marido iba a decir algo, por lo que se apresuró a morderle el labio.

Todas las palabras eran entonces inapropiadas.

Maurice se llevó un dedo a la boca para comprobar si sangraba, pero de inmediato Claire lo tomó por la mano y lo condujo al dormitorio.

Una última noche.

22

«Marcharse a la guerra». La expresión sonaba como un viaje prolongado e irreversible, pero, montado en el tren, Jules About comprobó que el traslado no se diferenciaba mucho del que solía hacer con su padre a Cambrai. El paisaje otoñal del norte de Francia aún no mostraba los estragos de la pólvora y la sangre. Algo nuevo, en definitiva, era la gravedad que se respiraba en el vagón. Esta vez no habló con Maurice de palomas ni de negocios: como el resto de los hombres a bordo, padre e hijo pusieron toda la mente y el corazón en el chirrido metálico del tren sobre las vías.

Era 13 de octubre y los About iban camino de Saint-Omer.

A mitad del trayecto, que fue de dos horas, Jules sacó de su mochila un cuaderno sin estrenar y rayó en la primera página: «Manual de la paloma en la guerra». Al percatarse, Maurice sonrió con desánimo e hizo algo que no acostumbraba: lo besó en la frente.

Apenas arribaron a la estación de Saint-Omer, se encontraron con una agitación que les recordó a la del cuartel Friant de Amiens. Había uniformados por doquier, con las manos siempre ocupadas, atrapados tanto en un bullicio que revolvía el inglés y el francés como en el movimiento frenético de un hormiguero en llamas. Y es que a partir de ese preciso día Saint-Omer había de ser la sede oficial en Francia del cuartel general de la Fuerza Expedicionaria Británica.

Tras registrar su llegada en un escritorio de la estación, los About y sus palomas fueron llevados en carreta hasta el campamento de las tropas británicas, a las afueras del pueblo. En el traslado vieron que los militares acondicionaban hospitales en conventos y escuelas. También, a lo lejos, divisaron el aeródromo, en cuya pista había una decena de biplanos del Real Cuerpo Aéreo Británico.

En el campamento la organización era mejor. Los About fueron recibidos por Dussollier, un compatriota colombófilo que había sido reclutado semanas atrás. Hombre canoso y sonriente, Dussollier les mostró los palomares con que contaban; si bien era evidente que habían sido recién armados y que había detalles por corregir, Jules quedó impresionado con la cantidad.

—Diez jaulas, por lo pronto —dijo Dussollier—. Cada una con ciento cincuenta aves.

—Impresionante —dijo Maurice, y Jules lo ratificó con el gesto—. ¿Dónde han obtenido las palomas?

—Criadores británicos las donaron al Ejército.

—Una pequeña fortuna.

Ante los palomares, Dussollier les explicó un poco sobre el cuidado de rutina y el equipamiento.

—Todo suena muy calculado —dijo Jules.

—Lo está —replicó Dussollier—. Cada grano de maíz, cada vuelo. El teniente Waley, Alec Waley, es el responsable. Es el oficial a cargo del servicio de palomas británico en Francia y fue él quien solicitó su ayuda. Ahora ha salido al pueblo, ya lo conocerán.

Dussollier y los About se sentaron a una mesa, bajo la sombra de un árbol, y continuaron hablando. Jules observó a un grupo de soldados que jugaban un partido de fútbol. Eran jóvenes, mayores que él por unos años, y gritaban con el movimiento de la pelota y se reían. Jules sintió unas ganas repentinas de unirse al juego y comprobar de primera mano el renombre inglés en el balompié, pero entonces Dussollier comenzó a contar una historia que le robó la atención.

—La semana pasada ocurrió algo siniestro. El comandante Denuit, jefe del espléndido servicio belga de palomas, se vio obligado a tomar una difícil decisión. Como sabrán, los alemanes han ocupado la ciudad de Amberes y, al hacerlo, rodearon el cuartel en que se ubicaba el servicio de palomas. La rendición del cuartel era cosa de horas, y el comandante Denuit sabía bien el valor que su flota de mensajeras representaría para los alemanes. Así que, en un acto patriótico y desesperado, decidió incendiar los palomares. Dos mil quinientas palomas, todas chamuscadas. Imagínense eso.

Dussollier detuvo el relato y cogió aire. Jules iba a preguntar qué le había sucedido al comandante Denuit, pero de pronto, apuntando con la mano, Dussollier levantó la mirada y dijo:

—Atención. ¿Ven esa nube de polvo? Es la motocicleta del teniente Waley. ¡Cómo le gusta la velocidad!

Por detrás de la estela de polvo, el partido de fútbol, ruidoso y alegre, no había terminado.

23

El teniente Alec Waley lucía un bigote apenas más ancho que la nariz y era dueño de una mirada cansada e inmóvil. De no ser porque lo habían visto llegar, los About no hubieran creído que ese era un hombre que disfrutaba la velocidad.

En una impecable oficina, próxima a los palomares, Waley y los About sostuvieron un encuentro en el que, antes que nada, el teniente les agradeció su presencia.

—Charlando con los criadores de palomas del norte —dijo Waley en un francés decente—, su apellido surgía una y otra vez, y pensé que quizá ustedes fueran la ayuda que necesito con esta maniática empresa. —Se acomodó un monóculo en el ojo izquierdo y echó un vistazo a unos papeles—. A decir verdad, esperaba solo al señor Maurice, pero me alegra que haya usted venido también, señor Jules. He escuchado que trabajan en equipo y que sus técnicas son formidables.

Después de que los About agradecieran los halagos, el teniente Waley tomó la palabra como si hubiera preparado el discurso con anticipación:

—Déjenme pintarles un cuadro —dijo.

Primero habló sobre la decisión de eliminar el servicio de palomas que la Oficina de Guerra de Gran Bretaña había tomado años atrás. Para las comunicaciones en el campo de batalla, el Ejército había apostado por las tecnologías nuevas, como la radio, el telégrafo y el teléfono, e incluso por las señales de luz, y había desmantelado la sección de palomas. Pero en la guerra de trincheras de entonces, las tropas estaban sufriendo con la incomunicación generada por los cables que cortaba el enemigo y el equipo dañado entre las explosiones y los disparos, de modo que los altos mandos querían restaurar el servicio de palomas mensajeras.

—Mientras articulan el servicio en la costa inglesa y en la Marina —dijo Waley con la mirada imperturbable y fatigada—, mi misión es realizar lo propio en el norte de Francia. En primer lugar, hay que establecer los palomares centrales aquí, en Saint-Omer, y después organizar la comunicación en las trincheras cercanas. Ese es el encargo.

El teniente prosiguió hablando sobre lo que llamó *el verdadero reto*. Si el cuidado y dirección de un ejército de palomas se antojaba como una maniática empresa, iniciar a los hombres necesarios para ello era simplemente un propósito exuberante.

—Según mis cálculos —dijo el teniente Waley con los párpados de un moribundo—, si la guerra se extiende por más de dos años, vamos a requerir una red de veinte mil aves en Francia, lo que significa dos cosas: uno, que para ese momento nuestra sección tendrá que contar con trescientos ochenta expertos en el manejo de palomas, y dos, que habremos iniciado en conocimientos básicos a más de cincuenta mil soldados. Nótese que ahora mismo solo contamos con nueve hombres, ningún verdadero experto entre ellos.

Un silencio se hizo en ese instante, un silencio que sirvió para que los About dimensionaran las cantidades recién pronunciadas. Waley, que apenas se había movido en la reunión, de pronto ganó agilidad, tronó los dedos y dijo:

—*Voilà*, ahí tienen el cuadro. Esta es la misión a la que les pido que se unan, señores.

Maurice y Jules se miraron con el gesto vacío. Todo lo

que habían tenido que hablar lo habían hablado antes de abandonar el islote.

—Cuente usted con nosotros, teniente —dijo Maurice—. Desde hoy hasta el final de la guerra.

—Lo aprecio, señor About.

—¿Sabe? Mi mujer habla de la vibra que cargan las personas. Yo no suelo creer en esas cosas, pero me parece que usted carga con una buena vibra.

—Es verdad —dijo Jules—. Usted a mamá le agradaría.

Antes de levantarse, Waley les preguntó sobre su manejo del idioma inglés.

—*Fair but limited* —contestó Maurice—. Mi hijo lo habla mejor.

—Bien —dijo el teniente—. Hago mi mejor esfuerzo con el francés, pero cada tanto me es ineludible hablar en mi lengua materna. —Entonces se volvió hacia Jules y le preguntó—: ¿Y cómo es que has aprendido tan bien el inglés?

—Leyendo a los naturalistas británicos, principalmente —dijo Jules—. Ya sabe, Darwin y compañía.

El teniente Waley abrió un poco sus ojos de sabueso viejo.

24

Para la tercera semana de octubre, el servicio de palomas de la Fuerza Expedicionaria Británica, asentado en el campamento militar de Saint-Omer, consistía en mil quinientas palomas, diez jaulas y once hombres. La proporción de manos en relación con alas era exigua, y en la naciente sección apenas se daba abasto con el trabajo. El teniente Waley había determinado que se necesitaban dos hombres por cada palomar, lo que representaba una carencia de nueve hombres aún para lograr la normalidad.

Los About vistieron el uniforme caqui de reglamento tras su llegada. Junto con Dussollier, eran los únicos franceses del servicio. El resto eran reclutas ingleses que tenían alguna práctica en la crianza de palomas, aunque ninguno demasiada. Puesto que el teniente solía ocuparse en gestionar los recursos para la sección, así como en informar y escuchar a sus superiores, la operación general de los palomares recayó en los About. Desde el inicio, tanto Jules como Maurice quisieron hacer algunos cambios en los regímenes de las aves, y Waley, advirtiendo su resolución, les dio la facultad de mando sobre el resto del equipo; más bien, solo se la dio de modo directo a Maurice, a quien nombró teniente segundo, pero en la práctica la facultad se extendía también a Jules, que estaba cargado de ideas.

Una de las transiciones que más les costó realizar a los About fue la de referirse a las palomas según el sistema seriado. Ellos, que solían bautizarlas con nombres únicos y específicos, ahora debían acostumbrarse a los números que llevaban las aves en la pata, en un anillo de identidad. Incluso la treintena de palomas que habían llevado consigo desde Amiens habían perdido el nombre a través del sistema seriado, que expresaba la procedencia militar de cada ave.

Mientras que Maurice se involucró en la capacitación de los hombres, Jules adoptó una actitud más retraída y discreta. Siempre dejaba hablar a su padre y daba dos pasos hacia atrás, reflexivo. Se pasaba las horas en los palomares, observando la operación y haciendo apuntes en el cuaderno que sin excepción llevaba bajo el brazo. Solo cuando se encontraban en privado, al final de la jornada o en un descanso, Jules le compartía sus opiniones a Maurice, que lo escuchaba con atención.

Al conocer la naturaleza de cada cual, con el paso de los días, el teniente Waley le encomendó a Jules la redacción del reglamento oficial del servicio de palomas.

—Un texto simple y preciso, muchacho.

—Sé exactamente a lo que se refiere.

El documento no había de concluirse sino hasta el final de la guerra, pero comenzarlo fue motivo de emoción y orgullo para Jules. A partir de entonces, toda medida en los palomares la juzgaba bajo la posibilidad de que trascendiera en el reglamento oficial.

Cuando miraba el vuelo de las palomas militares, Jules About no podía deshacerse del presentimiento de que en cualquier momento una de ellas daría un giro hacia atrás y luego otro, precipitándose en un baile fenomenal. Enseguida espantaba esa imagen de su mente porque sabía que aquellos tiempos no eran de espectáculo ni recreo. Más que en la atmósfera, lo percibía en la sangre: la tensión de la guerra.

Pero había otras imágenes que no podía ahuyentar. A veces pensaba en los Hortillonnages y en su madre, reunida a oscuras con sus tías, y a veces pensaba en Gin, incomunicada en Cambrai.

Cada tanto, también, evocaba la textura del terciopelo.

25

A finales de octubre de 1914 los alemanes lanzaron una serie de ataques para conquistar la ciudad de Ypres. Pero los aliados, con tropas británicas, francesas, indias y belgas, hicieron de la región el emblema de su causa y la defendieron a ultranza. Ambos bandos cavaron trincheras y sostuvieron el frente en un combate encarnizado que se prolongó un mes. El sistema de defensa se fue haciendo más complejo: se establecieron trincheras de segunda línea, refugios y puestos de ametralladoras y de francotiradores. El terreno entre las tropas enemigas, en ciertos tramos separadas solo por unos cientos de metros, se designó *tierra de nadie*, a pesar de que justo allí yacían los cadáveres de todos.

Al mismo tiempo, en una aldea de Siberia con menos de setenta habitantes, Stalin se hallaba en un exilio impuesto por el zar. En Washington el presidente Wilson prolongaba la ocupación estadounidense del puerto mexicano de Veracruz, y Mussolini, en Milán, fundaba el periódico *Il Popolo d'Italia* y era expulsado del Partido Socialista. Mientras tanto, un manifiesto de apoyo a las acciones militares de Alemania recorría el mundo, firmado por noventa y tres científicos e intelectuales de dicha nación, entre ellos diez premios Nobel y otros más que lo fueron años después.

Durante el mes que duró la batalla de Ypres, alrededor de medio millón de soldados pelearon en ambos bandos, ganando y perdiendo apenas unos metros. El costo de vidas humanas fue vergonzosamente alto. Había llegado el tiempo de la guerra estática.

Al cabo de los años Ypres se iba a convertir en el escenario de varios enfrentamientos mayores. En octubre de 1914, a pesar de que la fatalidad del combate creaba la ilusión del final de las cosas, aquello acababa de comenzar.

26

Tras entrevistar al teniente Waley y a varios oficiales experimentados, Jules About inauguró un capítulo del manual de la paloma en la guerra con el título de «Usos». Lo hizo en la oficina de la sección y era la primera vez que escribía a máquina.

El capítulo se iniciaba de la siguiente manera:

1. El principal uso de la paloma mensajera en la guerra es comunicar a la retaguardia las novedades de la vanguardia.

2. El uso de la paloma es pertinente cuando las comunicaciones telegráficas e inalámbricas no están disponibles, ya sea por daños materiales o aislamiento.

3. El mensaje debe escribirse en el papel específicamente provisto por la fuerza armada. Solo en casos extremos puede prescindirse de ello.

4. Se deben cumplimentar los siguientes rubros: a) hora, b) fecha, c) ubicación, d) cuerpo de mensaje, e) cualquier otra información útil.

5. En caso de que el mensaje sea de particular importancia, es preciso enviar una copia con otra paloma, por lo menos diez minutos después. Para estos casos se recomienda el uso de papel carbón, también provisto.

6. Evitar a toda costa la liberación de una paloma sin mensaje. Esto puede generar interpretaciones equivocadas y confusión. Para prevenir semejantes accidentes, es crucial una firme y correcta sujeción del ave.

7. En la retaguardia, en los palomares siempre debe haber al menos un oficial de turno. Tras el arribo de un ave, el oficial recupera el papel del cilindro metálico, telefonea a la oficina central y lee palabra por palabra el mensaje.

Más adelante, en un apartado titulado «Escenarios verosímiles», Jules se había dado a la tarea de describir las circunstancias en que una paloma podía ser de utilidad. Casi todas las había sacado de los relatos que los militares le contaron, e imaginaba que a lo largo de la guerra el catálogo crecería. Los primeros escenarios eran los siguientes:

1. Un pelotón se separa de su unidad y queda aislado. Una paloma es liberada para pedir asistencia y volver a posición segura.
2. La línea del frente es penetrada por el enemigo y las tropas que resisten el ataque requieren refuerzos de inmediato.
3. Los disparos de un cañón ubicado kilómetros detrás de la línea de combate no están dando en el blanco. El vigía despacha instrucciones para corregir la puntería.
4. Una embarcación sufre un ataque o acciona una mina. La esperanza de rescate de los sobrevivientes viaja en la pata de una paloma.
5. Una unidad de exploradores reporta los movimientos de tropas enemigas.
6. Una avanzada da aviso sobre la seguridad de una ruta.

Cuanto más trabajaba Jules en el manual, más similar le parecía su cometido a las observaciones naturalistas que solía hacer en los campos de Amiens. La diferencia era que, en vez de incursionar en las ciencias naturales, ahora se desarrollaba dentro de las ciencias militares.

27

En Cambrai, tras dos meses de ocupación enemiga, Gin había ya asimilado que las fuerzas aliadas no liberarían el norte de Francia a corto plazo. El aire apestaba a resignación. Con la instauración de una serie de medidas, la vida cotidiana se había transformado en un laboratorio social que rayaba en la incongruencia.

Los alemanes habían cambiado el nombre de las calles.

Habían aplicado un impuesto a todo el que tuviera un perro de mascota.

Las puertas de las casas debían mantenerse abiertas a todas horas, y en las entradas debía haber una lista con el nombre de los habitantes.

Habían establecido un toque de queda.

Habían adelantado una hora el horario, en sincronía con el alemán, y a menudo revisaban el reloj de los transeúntes.

Estaban prohibidas las palomas mensajeras.

Los periódicos pasaban por un filtro de censura.

El papel del alcalde era el de un portavoz amenazado.

Habían reemplazado las banderas.

El enemigo desplegaba las nuevas medidas en el tablón de anuncios de la plaza principal, y la población estaba obligada a mantenerse al día. Para Gin y su familia, sin embargo, esto no representaba una dificultad mayor, pues en su casa se instaló uno de los oficiales que se encargaban de implementar las nuevas regulaciones en Cambrai.

28

A principios de noviembre el servicio de palomas consiguió un impulso, moral y efectivo, con la llegada de cinco reclutas ingleses. Maurice desplegó sus dotes didácticas con ahínco, y al cabo de unos días los reclutas se integraron sin problemas en la operación de los palomares. En un mes bajo su tutela, la sección había adquirido el ritmo dinámico de las mejores temporadas de la fábrica de terciopelo. Además de que Maurice sabía contagiar el ímpetu que lo movía, la gravedad de la guerra inspiraba en los hombres seriedad y entrega.

El campamento británico se había terminado de establecer y había distribuido sus distintas secciones por la periferia de Saint-Omer. El servicio de palomas permaneció en el mismo lugar, no lejos del aeródromo de la Fuerza Aérea, y pronto construyeron unas barracas exclusivas para el personal. Los About compartían litera.

Algunas tardes Jules se acercaba al aeródromo a contemplar las magníficas líneas de los aviones estacionados, y si tenía algo de suerte los veía despegar o aterrizar. De algún modo, concebía el vuelo de los aviones como una maniobra familiar. Velocidad, altitud y trayectoria eran aspectos que él percibía de forma espontánea, como si el trabajo con las palomas lo hubiera habituado a la hazaña de volar.

Otras tardes Jules jugaba al fútbol. Se había hecho conocido de algunos soldados que, al avistarlo, lo llamaban para que se les uniera. Jules solía caminar con calma por el campo la mayor parte del tiempo, sin buscar protagonismo, pero cuando la pelota caía en sus pies se volvía un rayo. A pesar de su edad, era más fuerte y alto que la mayoría, y no había cómo detenerlo tras arrancar en una de esas frenéticas aceleraciones. Algunos de los muchachos lo apodaban Sprint.

El tiempo fue marcando la función de Jules como planificador de las prácticas de las aves y redactor del reglamento. Cada vez fue metiendo las manos en las jaulas con menor frecuencia y las trasladó al lápiz y la máquina de escribir. Mientras él tomó la responsabilidad de supervisar el sistema operacional, su padre asumió la de ejecutar las diligencias diarias. «Mitad y mitad», decían.

Jules trabajaba la mayoría del tiempo en la oficina de la sección, que compartía con el teniente Alec Waley. A diferencia de su mirada, la plática de este era ágil. Jules apreciaba el buen trato que le daba pese a la diferencia de edad, y no tardó en advertir que Waley era un auténtico enamorado de la paloma y sus más de trescientas especies. Fue algo refrescante.

Si el teniente no se involucraba más en la operación de los palomares, era porque estaba absorto con los alcances del servicio de palomas de la Fuerza Expedicionaria. Jules escuchó a grandes rasgos el proyecto que Waley tenía en la cabeza. A la par que una ambiciosa red de comunicaciones a lo largo del frente occidental, su visión incluía palomares móviles y tácticas de espionaje. Cuando hablaba del proyecto, una chispa de frenesí se asomaba por el resquicio de sus pupilas.

Jules le compartió las historias que el primo Charles les había contado a él y a Maurice; las de los dos Julius, Reuter y Neubronner, surtieron un especial efecto en el teniente.

—Un maldito genio —dijo Waley en referencia a las fotografías aéreas de Neubronner.

29

El primer diseño en el que Jules y Waley trabajaron juntos fue el de la canasta oficial de transporte del servicio de palomas. El propósito era el acarreo de aves desde el cuartel al frente, recorrido que podía hacerse en motocicleta. La canasta se llevaba en los hombros como mochila y, gracias a los compartimentos interiores, podía alojar hasta cuatro aves. Jules y Waley establecieron que, para garantizar la eficacia de la entrega, las palomas podían permanecer encerradas un máximo de cuarenta y ocho horas.

La concepción de la canasta llegó en buen momento, ya que en la segunda semana de noviembre Waley recibió órdenes de poner en marcha el despacho de palomas en el área de Ypres: las comunicaciones en las trincheras empezaban a sufrir caídas importantes. La sección no estaba preparada en absoluto, pero el teniente dispuso que ese mismo día se iniciara el servicio.

En los palomares Maurice improvisó un esquema de flujo que aseguraba la transmisión de cada mensaje al cuartel general; impuso turnos, delegó responsabilidades y ejecutó simulacros. Por su parte, en la oficina, Jules y el teniente Waley estudiaron el mapa del frente y crearon un calendario de entrega. La empresa era ambiciosa: por un lado, las trincheras del área ocupaban una línea de treinta kilómetros, con quince puestos de defensa; por el otro, el campamento se hallaba a sesenta kilómetros del frente. A falta de recursos, montado en su motocicleta, Waley se convirtió en el único repartidor del servicio.

Así fue el primer día de la operación. Los dos mensajes que se recibieron en la jornada se comunicaron con éxito al cuartel general, ambos cuarenta minutos después de haber sido redactados. Sin lugar a dudas, la mayor dificultad fue la distribución de palomas. Jules y el teniente habían logrado amarrar a la motocicleta una canasta, además de la que llevaba Waley en la espalda, y, dada la urgencia, en cada compartimento metieron dos palomas. Aun así, la capacidad de carga era insuficiente. La intención inicial fue repartir tres palomas en cada uno de los quince puestos de defensa, lo que significó tres viajes desde el campamento.

Otra dificultad a la que se enfrentó Waley fue la de explicar allí lo básico sobre el manejo de las aves. Era la primera vez que los batallones utilizaban jaulas en el frente, por lo que el teniente se vio obligado a resumir los procedimientos y a responder dudas.

—Una paloma es un ave con la independencia de un gato y la fidelidad de un perro —fue lo primero que dijo. Después remató—: A las palomas hay que sujetarlas como a las armas: con una suave firmeza.

Al anochecer, tras diez horas y cuatrocientos kilómetros recorridos, Waley arribó por última vez al campamento de Saint-Omer con el rostro pálido y la garganta vuelta un pozo estéril. Jules lo vio tumbarse en el suelo, fuera de la oficina, y acudió a asistirlo. El teniente tenía los ojos casi cerrados, igual que siempre, pero ahora daba la impresión de que era en contra de su voluntad.

—Prepárate, muchacho —dijo Waley abatido—. Mañana mismo aprendes a conducir la motocicleta.

30

Se trataba de una Triumph de un cilindro, que el propio teniente había traído desde Inglaterra. A la luz de la madrugada, la motocicleta parecía una compleja arma de gran calibre.

La lección fue más teórica que práctica, y duró tan solo media hora. Como sabía andar en bicicleta, Jules no tuvo problemas con el equilibrio, pero sí con los cambios de marcha. Sin embargo, el apremio de la guerra, que se intensificaba día a día, no anhelaba labores perfectas, sino solventes.

Para mantener el compromiso de entrega de cuarenta y cinco palomas diarias en el frente, acordaron que los siguientes días Waley haría el primer y tercer viaje y Jules el segundo. Esa mañana, antes de partir, el teniente marcó la ruta en los mapas de la oficina.

—Tienes unas horas para memorizar el camino, Jules —dijo con el monóculo todavía puesto—. Debes conocer la zona como la palma de tu mano. Si lo prefieres, hazte una copia en una hoja de papel.

A Jules no le preocupaba demasiado perderse. Tras años de exploraciones, había desarrollado un excelente sentido de la orientación, así como una destreza para la interpretación de mapas. De todas maneras, hizo la copia y se la guardó en el bolsillo de la chaqueta junto al dibujo del castaño que siempre llevaba encima.

Más tarde, mientras Waley estaba fuera, Jules habló con su padre, que seguía afinando la organización de los palomares.

—Ten cuidado allá delante —dijo Maurice—. Estás obligado a morir de viejo y muy lejos de aquí.

—Papá.

—Viejo y muy lejos, Jules.

El teniente volvió del primer viaje a las once de la mañana. Hizo que Jules diera unas vueltas con la motocicleta alrededor del campamento y le dio las últimas indicaciones del camino.

—Todo va a estar bien, muchacho.

—Lo sé.

—Esa biblia de la paloma no se puede quedar incompleta.

A mediodía Jules About se montó en la motocicleta. Antes de alejarse, compartió una breve mirada con su padre. El ruido del motor mitigaba el zureo de las palomas que llevaba en las canastas.

Era 12 de noviembre.

No tuvo ninguna contrariedad con la motocicleta. Tan pronto como ganó confianza, apretó el acelerador al máximo, y el vértigo lo cautivó. Seguir la ruta tampoco supuso mayores complicaciones. Mientras conducía, imaginaba el avance sobre el mapa. Así vislumbró su paso por el pueblo de Hazebrouck y el cruce de la frontera belga. En el área de Ypres, el ambiente se tiñó de gris. Lo asaltó la percepción de que el estallido de los cañones y el zumbido de los proyectiles surgían justo a su lado.

Cuando arribó al primer puesto de defensa, descendió de la motocicleta y, con una canasta en la espalda, se internó en una trinchera que avanzaba hacia el frente. La zanja era angosta por tramos y había que hacerse a un lado cuando alguien iba en sentido contrario. Pronto Jules se encontró una bifurcación y luego otra, por lo que tuvo que preguntar por dónde se iba al cuartel del batallón. El estruendo de las explosiones y los disparos era ensordecedor y estremecía la tierra. Cuanto más se internaba en las trincheras, más caótica se volvía la realidad.

Vio montones de cascos sin dueño.

Vio ratas, gatos y perros.

Vio hombres escribiendo. Vio hombres bebiendo. Vio hombres que agonizaban en soledad.

Jules no se detuvo un segundo. Una detonación hizo llover tierra sobre su cabeza y dejó de oír por un corto periodo, pero siguió caminando bajo un encanto poderoso, como en los sueños. Con las manos en los oídos y la mirada ofuscada, no pudo evitar el recuerdo de una expresión común entre los soldados: «Bautismo de fuego». Jules About estaba viviendo el suyo.

El cuartel del batallón era un pequeño refugio subterráneo. Allí, sin que nadie le prestara mucha atención, anunció la entrega de las tres palomas correspondientes y las introdujo en unas pequeñas jaulas arrumbadas en el rincón.

Fuera, la intensidad del combate se había relajado. Jules aprovechó el momento para trepar por unas escaleras y asomar la cabeza sobre el suelo. En el horizonte, detrás del alambre de espinos y los cuerpos y el humo, lo vio por primera vez, eso sobre lo que tanto había escuchado y que tanto había imaginado.

El enemigo.

Después regresó a la motocicleta y siguió con el reparto.

31

Jules vio cosas en el frente que lo afligieron sobremanera, cosas que no podía terminar de razonar. Una de ellas, la más fuerte, ocurrió en las filas de su propio ejército, lejos de las trincheras: el fusilamiento de un desertor.

Se trataba de un soldado de diecinueve años que había perdido el coraje en un ataque y había echado a correr en sentido contrario. De vuelta en la trinchera, sus compañeros trataron de animarlo a que saliera con ellos en la segunda ola de ataque, pero el muchacho se negó. Había perdido el control de su cuerpo y de sus nervios. Mientras el resto del batallón se lanzó al combate, él se ovilló al fondo de la trinchera y se cubrió las orejas con las manos.

Más tarde el soldado logró salir de ahí y buscó refugio en una granja de la zona. Se deshizo del uniforme y del arma, y se escondió entre los animales. El Ejército lo encontró a las pocas horas y lo arrestó. El caso del soldado fue llevado ante una corte marcial, que se constituyó de forma inmediata e improvisada. No se presentó ningún testigo porque todos los soldados del batallón habían fallecido. A pesar de que el acusado atribuyó los hechos a un ataque de nervios transitorio, declaró que no estaba dispuesto a volver al campo de batalla.

—Me es imposible —dijo.

El comité militar lo declaró culpable y lo condenó a muerte por fusilamiento. «La deserción —rezaba el veredicto— es un peligroso virus en la guerra. No puede tolerarse en ninguna circunstancia».

Jules About no presenció la ejecución, pero miró el rostro del condenado minutos antes de su muerte. Iba escoltado por dos soldados y por el escuadrón de fusilamiento. Entre la multitud de compañeros que salieron a su encuentro, nadie se atrevió a decir una sola palabra. Un silencio rotundo dominó la escena. El rostro del condenado era el de un niño despavorido. Los labios le temblaban y moqueaba por la nariz. Jules aprovechó los pocos segundos que lo tuvo delante para almacenar los detalles de su aspecto: la ropa deteriorada, las mejillas sucias, las uñas mordidas, los ojos desorientados, las orejas ensangrentadas.

El condenado y el grupo de soldados desaparecieron detrás de unos árboles y minutos después sonaron las descargas.

Tras varias semanas, Jules aún no lograba acallar el ruido de los disparos en su mente.

Unos disparos entre hermanos.

32

Otra escena que le causaba escalofríos a Jules era la de una aldea recién recuperada por los británicos. Al atardecer, entre los escombros de edificios caídos, los habitantes deambulaban con la ropa hecha trizas y algunas pertenencias a la espalda. Jules atravesó la aldea a bordo de la motocicleta, capturando lúgubres postales con la mirada: un caballo destrozado por una explosión, una anciana arrastrándose por el suelo sin una pierna, unos niños pateando una cabeza desprendida.

Los ejércitos habían peleado durante semanas por aquella aldea y habían perdido miles de hombres. A Jules se le ocurrió entonces que el vencedor de la guerra no se llevaría ningún botín, sino lo contrario: el vencedor sería el que más sacrificios hiciera al cabo del conflicto.

Jules condujo de lado a lado por la aldea. El mayor estremecimiento lo vivió al encontrarse con un grupo de pacientes en bata que se movían en rebaño. Los había de todas las edades. Unos se golpeaban contra el suelo, otros corrían en círculos y unos más gritaban sinsentidos. Al principio Jules creyó que la clínica donde estaban ingresados se había derrumbado, hasta que se detuvo a preguntarle a un soldado qué había pasado.

—Antes de marcharse, los *boches* abrieron las puertas del manicomio —contestó—. No sé qué va a pasar con ellos.

El frío de la tarde comenzaba a apretar y los pacientes

iban descalzos y sin abrigo. Los soldados que habían recuperado la aldea estaban fatigados; unos atendían a los heridos, otros revisaban los edificios que quedaban en pie y otros más se tiraban al suelo, exhaustos y hambrientos.

Salvo Jules y el soldado, nadie reparaba en los pacientes, que poco a poco deshacían el rebaño.

—Quizá lo más piadoso sea dispararles, ¿no lo crees, amigo? —dijo el soldado.

Jules no respondió y de inmediato reemprendió su camino. No quería enterarse del desenlace de aquella situación.

33

El servicio de palomas británico continuó auxiliando a las tropas hasta el 22 de noviembre, día en que cesaron los combates en Ypres. Después de un mes las fuerzas aliadas habían logrado imponerse, y la región se llenó de heroísmo. El precio que pagó la Fuerza Expedicionaria Británica fue de sesenta mil almas; el personal del servicio de palomas no reportó ninguna baja.

Al final de la batalla, en once días de trabajo, la sección había transmitido casi cuatrocientos mensajes al cuartel general. Tras consultar a los puntos de defensa, el teniente Alec Waley constató que el noventa y cinco por ciento de las aves despachadas en el frente habían llegado a los palomares del campamento. Asimismo averiguó que alrededor de ochenta palomas habían muerto dentro de las jaulas del frente, entre malos cuidados y ataques del enemigo. En términos generales, la misión podía considerarse un éxito, en especial si se tenía en cuenta la escasa anticipación con que se había activado.

Al escribir el reporte de la operación, el teniente no pudo pasar por alto el grado de fatiga de sus hombres. En la inspección de los palomares se encontró con un auténtico caos de plumas y suciedad. Ni siquiera la impecable tutela de Maurice había podido con la celeridad de la guerra. Ahora, en esos días finales de noviembre, debían centrar los esfuerzos en la recuperación del sistema y en la detección de los puntos a corregir.

El desgaste más grande, pese a todo, se había sufrido en la entrega de palomas. La motocicleta había comprobado su ya mítica fortaleza, pero tanto Jules como el teniente Waley estaban al borde del colapso. Este último, a partir de la segunda semana en activo, había comenzado a sufrir fuertes dolores en el cuello y los hombros, y tuvo que aplicarse compresas de calor entre un viaje y otro y por las noches; también, acaso a consecuencia de esto, había padecido severos insomnios.

El desgaste de Jules, por su parte, no era físico, sino mental. Waley advirtió un ligero retraimiento en él, adicional a su acostumbrada soledad, pero la aparente entereza del muchacho lo convenció de que saldría adelante. Sin hablar demasiado, Jules fue volviendo de a poco a la rutina del lápiz y la máquina de escribir. Lo que no le costó trabajo recuperar fueron las tardes de aviones y de fútbol, únicas ocasiones en las que aparentaba los diecisiete años que tenía.

34

En el cielo, a lo lejos, aparecieron unos puntos negros. Atardecía. Sentado en una pequeña colina, Jules esperaba el aterrizaje de los aviones cuando intuyó una presencia a sus espaldas. Era su padre, que se acercaba al trote. Alarmado, Jules se levantó y corrió a su encuentro. El aire frío le crispó el rostro.

Ya juntos, Maurice hizo una reverencia y trató de recuperar el aliento. Jules lo sostuvo de un brazo. El ruido de los tres aviones que se aproximaban sonaba como una impaciente tormenta.

Cuando Maurice se incorporó, tenía una sonrisa de oreja a oreja.

—Acaba de llegar una carta de tu madre —dijo—. Entre otras cosas, me comunica que está embarazada. Se lo han confirmado sus hermanas. Jules, ¡vas a tener un hermano!

Los tres aviones aterrizaron en la pista. A ojos de Jules, las palomas solo se diferenciaban de aquellas máquinas por la escala.

35

El oficial que se había instalado en la casa de los Laval se llamaba Helmut Frank. Alto y fornido como un árbol, rubio hasta la palidez, ostentaba el cargo de comandante. El propósito de su llegada a Cambrai era salvaguardar la nueva administración militar.

Helmut Frank apareció en la casa de los Laval acompañado de su secretario, el cabo Kurt Fischer. Se presentó con una cortesía poco convincente, y no esperó réplica para recorrer el hogar de arriba abajo, inspeccionando cajones y armarios.

—Nos vamos a instalar en las habitaciones principales —les dijo a los Laval tras la exploración. Hablaba un francés formal y austero, y sus palabras sonaban como ráfagas debido a su fuerte acento alemán—. Espero que no haya inconvenientes.

Gin y sus padres se desplazaron a los anexos de la casa.

En cuestión de días Helmut Frank redactó un menú semanal para las comidas, que le entregó a France, y una serie de reglas domésticas, que le entregó a Charles.

—Espero que no haya inconvenientes.

En el panorama municipal, el comandante también impuso su resuelta animosidad. Tan solo una semana después de su llegada, Helmut Frank inauguró en el Ayuntamiento un buzón para presentar denuncias anónimas. A veces la información era verdadera porque los vecinos más temerosos denunciaban a quienes maquinaban una insurrección; otras veces era falsa porque los vecinos más rencorosos aprovechaban para agraviar a viejos rivales. Fuera como fuera, la ocurrencia no tardó en dar magníficos resultados: los invasores allanaban hogares y hacían arrestos infundiendo terror entre la población. Incluso cuando no hubiera denuncias, la Administración alemana podía investigar a quien quisiera con el pretexto de que una pista había surgido en el buzón.

36

Hacia el final de noviembre, el frío y el lodo en las trincheras impidieron la puesta en marcha de grandes batallas. Eso y la desazón tras la inconmensurable cantidad de sangre derramada. Los enfrentamientos eran encarnizados, y el triunfo nunca era definitivo: las trincheras que se ganaban un día se perdían al otro.

Para el servicio de palomas, las condiciones climatológicas también supusieron una ralentización. Además de que las principales comunicaciones se habían empezado a restablecer, la temperatura bajaba tanto que se temía por la fiabilidad de las aves. Aún no se hacían las pruebas necesarias en semejantes condiciones.

Los mandos del Ejército, sin embargo, habían reconocido la utilidad de la sección, y enseguida resolvieron otorgarle a Waley aquello que llevaba meses pidiendo: personal y equipamiento. Fue entonces cuando el teniente planteó por primera vez mudar el servicio a una ubicación más cercana al frente, específicamente a Hazebrouck. El cambio implicaba una menor distancia tanto para las palomas como para los repartidores.

Entre el nuevo equipamiento, la sección recibió una motocicleta, que fue a parar a las manos de Jules About. Era similar a la del teniente Waley, acaso en mejor estado, y tenía una franja verde en el tanque de combustible. Jules no dio muestras de entusiasmo. Pasaba jornadas enteras en la oficina trabajando en el manual de la paloma en la guerra, y sus únicas distracciones eran los aviones y el fútbol. Presa de su propia eficacia, no tardó en llegar a un punto de estancamiento con el manual, un punto en el que no había más por escribir. Así, con el ánimo por los suelos, Jules no halló mejor manera de vivir los días que dibujando en su cuaderno. El abanico era extenso: los canales de los Hortillonnages, las variedades de la paloma, las calles de Cambrai, la quema de hierbas prodigiosas, las máquinas de la fábrica de terciopelo.

Aunque solo había visto los dibujos de reojo, Waley conocía el empeño que Jules invertía en ellos. Por eso, el día en que descubrió que los quemaba se preocupó en verdad. Habló con Maurice y juntos concluyeron que un cambio, fuera el que fuera, le vendría bien a Jules.

Lo primero que le propusieron fue volver a casa.

—Nos has ayudado con lo más difícil —dijo el teniente—. Lo que queda es solo cuestión de repetir y afinar, repetir y afinar.

—¿Tú volverías a casa también? —le preguntó Jules a su padre.

—A tu madre le vendría bien verte —se limitó a decir Maurice.

—Entonces yo tampoco.

Días después una solución le llegó a Waley hasta su escritorio.

—Me han escrito desde el cuerpo de Inteligencia —dijo el teniente en conferencia con los About—. Aprovechando la quietud en el frente, están formando una pequeña unidad de técnicos para espiar al enemigo, y quieren explorar los usos de la paloma. Me piden que envíe un experto en la materia.

37

El primero de diciembre, montados en las motocicletas, Jules About y Alec Waley se dirigieron a una reunión con el sargento Harold Thomas, del cuerpo de Inteligencia, con quien el teniente había estado en comunicación. El sargento los había citado en un depósito de trenes en Saint-Omer, a orillas del río Aa.

En el camino, a Jules no dejó de sorprenderle el hecho de que, aun con los ojos cerrados casi por completo, Waley no perdiera el equilibrio.

El depósito estaba en condición de abandono; la maleza apenas dejaba entrever algunas ventanas y la entrada. De no ser por el par de uniformados que fumaban junto a la puerta, Jules y Waley habrían creído que se habían equivocado de lugar. Una vez que apagaron los motores, el leve murmullo del río se manifestó.

Jules y Waley entraron al edificio seguidos por los dos uniformados. Atravesaron unas oficinas y salieron a un amplísimo patio, repleto de piezas mecánicas y más maleza. La humedad era palpable y el frío se endureció. Desde el fondo del patio apareció el sargento Thomas, envuelto en un largo abrigo, y estrechó la mano a los recién llegados. Enseguida los condujo por donde había aparecido, hasta una larga galería. Las paredes estaban tapizadas con mapas, fotografías, recortes de periódico, esquemas de artefactos y demás documentos.

—Señores, bienvenidos a nuestras instalaciones —dijo el sargento extendiendo los brazos—. Han conocido ya a Benjamin y a Cecil, grandes chicos. —Los dos uniformados se habían acomodado en un banco. Al oír su nombre, hicieron un pequeño saludo con la cabeza. El sargento prosiguió—: Y allá al fondo, llegado desde la India, tienen a Piper. —Al otro extremo de la galería, con la cabeza cubierta por una tela, un muchacho arreglaba en el suelo un cable con unas pinzas. Levantó un instante la mirada y volvió a su trabajo—. ¿Una pequeña y modesta operación? Seguro. Pero aun así somos la primera unidad de espionaje especializada en comunicaciones en la región.

Había algo informal en la voz del sargento Harold Thomas, una especie de exaltación que lo hacía hablar rápido y de más. Jules y Waley se acomodaron en unas sillas y lo dejaron seguir con su soliloquio. Mientras hablaba, el sargento caminaba de lado a lado por la galería.

—La misión es sencilla: espiar al adorable enemigo alemán, a Fritz, a los *boches*, a los hunos. ¿Y cómo lo vamos a hacer?, preguntan. Bien, pues de todas las maneras posibles, por aire y por tierra, de día y de noche. Cecil aquí es nuestro ingeniero, especialista en radiocomunicación. Benjamin es un genio del alemán, lo habla tan bien como el Káiser, se lo garantizo. Y Piper, callado como lo ven, se encarga de la fotografía. Vamos a intentarlo todo. Cualquier fragmento de información es bueno. La misión es sencilla: salvar vidas aliadas.

Cuando se fue quedando sin cuerda, el sargento buscó una silla y se sentó junto a Jules y Waley, que solo entonces comprendieron lo que sucedía: el aliento del sargento olía a whisky.

—Señores, aunque por el momento el escuadrón lo conformamos solo cuatro hombres, tengo fe, fe en que vamos a conseguir cosas, ¿saben? Tenemos que hacerlo, por nuestras tropas. Y me he permitido escribirle, teniente Waley, porque quisiera sumar a nuestro equipo a un experto en palomas. —El sargento Thomas de pronto se volvió hacia Jules y dijo—: El puesto, si te interesa, es tuyo, muchacho.

El teniente Waley tomó la palabra y habló sobre los esfuerzos del servicio de palomas. Tras el discurso arrebatado del sargento, su elocuencia ganó un peso exagerado. Hizo alarde de los conocimientos y las ideas de Jules, y aseveró que prescindir de su trabajo sería un golpe considerable para el servicio de palomas.

—Por lo que quisiera asegurarme de que las aptitudes del señor About se aprovechen al máximo aquí con ustedes. ¿Me entiende, sargento? De lo contrario, me temo, la transferencia no sería en beneficio del Ejército británico.

Un silencio se adueñó de la galería. Incluso Piper, el muchacho del fondo, puso a un lado las pinzas con que trabajaba y se volvió hacia el sargento y el teniente. Jules tragó saliva. El ramalazo sacudió al sargento como si no hubiera sido únicamente verbal; el semblante se le robusteció en el acto.

—Teniente, puedo imaginar que este lugar no impresiona a nadie —dijo el sargento Thomas con repentina templanza—. Y es que estamos empezando. Pero le prometo que mi compromiso y el de la unidad es absoluto. Estamos aquí para salvar vidas aliadas, todas las que se puedan. Y mientras no se gane la guerra, así será. Le doy mi palabra.

Waley apretó los labios y asintió. Al fondo, Piper volvió a tomar las pinzas y reanudó su tarea. Ahora el peso del silencio recaía sobre Jules, y él lo sabía. Por alguna razón, pensó en su madre, cantando y acariciándose el vientre. También recordó a sus tías, leyendo el mañana a través de la quema de laurel, y se preguntó en qué estado se hallaría su palomar.

Jules y Waley intercambiaron miradas. Los ojos del joven eran limpios y grandes como los de una paloma; los del teniente parecían los de un anciano.

—De acuerdo —dijo Jules—. Cuente conmigo, sargento. Carga usted con una buena vibra.

38

Jules About empezó a presentarse a diario en el depósito de trenes. El recorrido desde el campamento lo hacía en motocicleta y muy temprano. A menudo se formaba una fina capa de hielo sobre la tierra que volvía resbaloso el camino. Jules se preguntaba si la guerra se habría terminado cuando aquello se llenara de vegetación en primavera.

Su primer encargo fue montar un palomar en el depósito. Ya que el escuadrón no utilizaría las palomas más que para maniobras de espionaje, no era necesario criar demasiadas; Jules consideró que una veintena sería suficiente para empezar. El sargento Thomas, ajeno a ese arte, no opinó nada. La jaula fue situada en el patio del depósito. Debido al frío que se concentraba allí, hubo que proteger el palomar con chapas de madera.

Con la fina mirada de naturalista, Jules consiguió hacerse una buena idea de los integrantes del escuadrón en tan solo unos días. En quien se fijó antes fue en el sargento Harold Thomas, que, aunque apenas rondaba los treinta años, era el mayor del grupo. Tenía un despacho cerca de la entrada principal, pero no solía pasar mucho tiempo allí. Prefería dirigirse a la galería de atrás y observar sin apuro la multitud de imágenes y escritos con que había tapizado las paredes. Solo él entendía la lógica del mural; reacomodaba una y otra vez los papeles y tendía telarañas de hilo que tensaba con alfileres. Cuando terminaba con la misteriosa pesquisa, el sargento salía de la galería y supervisaba a Benjamin y Cecil, que no se separaban nunca.

Ambos tenían alrededor de veinticinco años y eran voluntarios, pero la espléndida química de la que gozaban residía en que no se parecían en nada. Si no hubiera sido por la guerra, no habría habido ninguna posibilidad de que estrecharan amistad en su vida como civiles. Ahora se acompañaban de sol a sol y dormían en la misma habitación.

Benjamin venía de una familia adinerada y era filósofo, especializado en pensadores alemanes. Cecil, en cambio, era hijo de un mayordomo y había estudiado Ingeniería Eléctrica. La principal labor que hacían era buscar señales de radio y telegrafía alemanas. Podían escuchar las principales transmisiones enemigas, cargadas de mensajes políticos y celebraciones exageradas del desempeño de las tropas, pero su verdadero interés era interceptar la comunicación en el frente, y para ello debían acercarse a la zona. Se pasaban las horas cambiando la configuración de la gran antena que habían instalado en el depósito apuntando hacia el cielo, y estudiaban los bisbiseos ininteligibles de los receptores. A pesar de que solo se conocían desde pocos meses atrás, habían adquirido el compás de las viejas camaraderías. Su conversación estaba cargada de ofensas, bromas y desafíos, y la mayor parte del tiempo discutían desde posiciones diametralmente opuestas.

Un día que Jules tomaba café con ellos, Benjamin dijo:

—Por cierto, Jules, ¿tienes una chica en casa? Ya sabes, *une petite amie*.

Jules se llevó la mano al bolsillo en que guardaba el dibujo del castaño.

—Su nombre es Gin. —Cuando lo dijo, se dio cuenta de que hacía mucho que no pronunciaba la palabra.

—Lindo nombre —dijo Benjamin—. Apuesto a que es

bella. —Enseguida se acercó a Jules y canalizó la voz con la palma de la mano—. ¿Puedes creer que a Cecil no le gustan las chicas?

Cecil echó un vistazo alrededor para comprobar que no hubiera nadie y luego sonrió sin mostrar los dientes. Jules se concentró en congelar el gesto.

—Lo hemos hablado hasta el cansancio, Jules —dijo Cecil aún con la sonrisa—. No tienes idea de cuántas clases de historia le he dado a mi amigo, pero no lo hago entrar en razón. ¿Qué pasa? —dijo y se volvió hacia Benjamin—. ¿Te sientes superior a los griegos y los romanos?

—Por supuesto que me siento superior —dijo Benjamin.

—No lo escuches, Jules. Es un farsante. Se escandaliza por el amor entre dos hombres, pero supongo que no conoces su secreto. Vamos, Benjamin, ¿se lo quieres decir tú?

Jules no sabía cómo actuar, pero entendía que todo era en buen espíritu, puesto que ni uno ni el otro dejaban de sonreír.

—Adelante, dilo, Cecil. Bien sabes que no me avergüenza.

—Presta atención a esto, muchacho —dijo Cecil—. No lo vas a terminar de creer. Benjamin tiene dos mujeres.

—Oh —dijo Jules.

—Dos esposas, me refiero, en distintos pueblos. Dos casas, dos armarios, dos perros, etcétera. ¡El hombre vive dos vidas al mismo tiempo!

—¿Acaso no lo hacemos todos? En *Más allá del bien y el mal*, Nietzsche...

—Allá vamos otra vez —interrumpió Cecil.

Veinticuatro horas al día, siete días por semana, así vivían los amigos.

Que el sargento Thomas los supervisaba era un decir, pues sabía de antemano que ninguna intercepción relevante ocurriría mientras no se acercaran al enemigo. Solo pasaba un rato con ellos, se divertía con sus palabras y se marchaba; aun así, por lo menos tres veces al día, el sargento les preguntaba si había alguna novedad.

Piper trabajaba por lo regular en el cuarto oscuro, cerca de la entrada, aunque todavía no había fotografías que revelar. Jules no oyó su voz en la primera semana con el escuadrón. Piper era en verdad reservado y, salvo que lo llamaran por su nombre, evitaba el contacto visual. En sus ratos libres salía al patio del depósito y se ponía a apilar piedras, una sobre otra en un equilibrio místico. Las pilas variaban en altura, pero algunas se alzaban hasta un metro; a pesar de las piezas mecánicas y la maleza incontrolable, el patio adquirió un aire que rayaba en lo sagrado.

—Piper está triste —le explicó un día el sargento Thomas a Jules—. Verás, Piper tiene un gemelo y al llegar a Francia lo han separado de él.

Había algo de tristeza también en el propio sargento, que franqueaba el día bebiendo de una cantimplora de bolsillo. Si bien el alcohol no alteraba su proceder durante la primera mitad del día, para el atardecer había perdido agilidad tanto en la lengua como en las piernas, y el rostro se le manchaba de amargura. Entonces buscaba con quién hablar, e incluso a veces lo hacía con su eco en la galería, frente al mural de papeles, pero sin falta terminaba recluido en su habitación. A esa hora ya no disimulaba: se retiraba con la botella completa en la mano. Era como si a él también lo hubieran separado de su gemelo.

39

El primer domingo de aquel frío diciembre, el sargento Harold Thomas llegó al depósito conduciendo una furgoneta. El vehículo, anunció, le había sido asignado al escuadrón con el propósito de emprender las expediciones al frente y así comenzar con las operaciones de espionaje. La cabina tenía capacidad para dos personas además del chófer, y en la parte trasera, bajo el techo de lona, cabía más de una decena de pasajeros.

—Antes de que termine el año —les dijo el sargento a sus hombres— habremos realizado dos expediciones al frente, de cinco noches cada una. La primera será el día 10 de este mes y la segunda, el día 20. Señores, hagan los preparativos necesarios.

Ese domingo por la tarde, mientras Jules entrenaba a las palomas, Piper se acercó y le dijo:

—Quiero enseñarte algo. —Y, sin esperar la respuesta, se dirigió al cuarto oscuro donde trabajaba.

En el tiempo que le llevó guardar las aves en la jaula, Jules retuvo la dulce voz de Piper en la cabeza.

—Quiero enseñarte algo —volvió a decir Piper en cuanto Jules se asomó en el cuarto oscuro. Su voz seguía siendo dulce.

Piper tenía las manos unidas a la altura del pecho, cubriendo algo indistinguible. Por la delicadeza de su postura, Jules tuvo la intuición de que se trataba de un animalito, quizá un pichón o una ardilla.

—Pero antes un poco de contexto —prosiguió Piper. La tela que llevaba en la cabeza le cubría la mitad de las orejas—. Cerca de Frankfurt, hace unos años, un señor desarrolló un sistema de fotografía que aprovecha el vuelo de las palomas. El señor...

—Julius Neubronner, sí —interrumpió Jules—. Un maldito genio.

—Un maldito genio —repitió Piper, y entonces abrió las manos y las extendió hacia Jules—. He intentado replicar su tecnología, y este es mi mejor intento hasta ahora. —Jules tomó la cámara miniatura. Tenía un cuerpo geométrico y metálico, y el lente resplandecía en la sombra del cuarto—. Cuando vayamos al frente, quiero probarla con una de tus palomas.

Jules experimentó un entusiasmo genuino. Le contó a Piper su trabajo con las palomas en Amiens e hizo referencia a la fotografía de Neubronner que el primo Charles les había regalado a él y a su padre: «Como los sueños cuando se sueña que se vuela», dijo.

Por su parte, Piper le compartió a Jules las generalidades de otros proyectos que estaba desarrollando para la guerra.

—Un globo de hidrógeno que se alza por los cielos, anclado al suelo con un cable. No tiene canasta para tripulantes. La intención es acoplar una cámara con ojo de pez y obtener un panorama de ciento ochenta grados.

Piper también estaba trabajando en un lente para fotografiar objetos lejanos. Al explicarle los proyectos, le mostró a Jules varios esquemas, todos de una fantástica precisión.

Pronto la conversación hizo evidente la compatibilidad de los jóvenes reclutas y ambos adquirieron una instantánea admiración por el oficio del otro.

—Ahora —dijo Jules— uno de mis mayores retos es entrenar a las palomas para volar por la noche. Pienso liberarlas en el ocaso, cada vez un poco más tarde, hasta que se acostumbren a la penumbra y puedan viajar sin problema. Para ayudarlas, procuro guardarlas en la oscuridad durante el día.

—Asombroso —replicó Piper—. No estaría mal considerar la tentativa de la fotografía nocturna. Un lente que vea lo que el ojo humano es incapaz. ¿Te imaginas eso? Apuesto a que es realizable, Jules.

—Asombroso, Piper.

Así permanecieron el resto del domingo, intercambiando ideas sobre invenciones.

Jules y Piper.

Dos personas que jamás se habrían cruzado si no fuera por la guerra.

40

El 8 y 9 de diciembre Jules About hizo realidad aquello que solo se había atrevido a acariciar en sueños: volar.

Antes de la primera expedición, el sargento Thomas envió a Jules y a Piper a hacer pruebas con el Real Cuerpo Aéreo Británico en el aeródromo de Saint-Omer. Jules iba a liberar varias palomas en pleno vuelo y registrar recomendaciones en cuanto al transporte y el lanzamiento, puesto que la fuerza aérea había tenido algunos problemas: a menudo las aves chocaban contra el avión y no volvían al palomar. Piper, por otro lado, tenía una tarea doble: estudiar los globos tripulados de observación del Real Cuerpo Aéreo y probar la cámara miniatura en el aire.

El día 8, en el aeródromo, Jules recibió una breve lección sobre aeronáutica y fue presentado a quien iba a ser su piloto durante ese día y el siguiente, un piloto de combate francés que estaba de visita en Saint-Omer. Tras escuchar las pruebas que Jules pensaba realizar, el piloto dijo:

—No entiendo cómo diablos un muchacho como tú ha llegado hasta aquí. Pero ¿es que estamos improvisando todo en esta guerra? —Cierta elegancia en sus modos revelaba que no era un militar de carrera—. Bien, eso no importa ahora. Aquí estamos y más vale que empecemos a trabajar. —Hizo un ademán para que Jules lo siguiera y echó a andar, pero al instante se frenó—. Por cierto, mi nombre es Roland Garros, un gusto —dijo y le estrechó la mano.

Mientras se alistaban para el primer vuelo, Garros le comentó a Jules que estaba perfeccionando un sistema para montar una ametralladora en la parte delantera del avión.

—El truco es fácil —dijo—. Se trata de un mecanismo que sincroniza los disparos de tal modo que no golpeen las hélices frontales. Ingenioso, ¿no te parece?

—Ingenioso y riesgoso —dijo Jules.

—No hay otro modo, muchacho, te lo aseguro. —Garros reía con confianza—. Ya hemos probado el mecanismo en aviones franceses y funciona. Hoy lo vamos a probar en aviones británicos.

Jules About tenía una mano puesta sobre el bolsillo en que guardaba el dibujo del castaño cuando el avión despegó del suelo. Flotar en el aire lo hizo olvidarse de la guerra y las trincheras y la separación y el dolor. La disposición de los valles y el acumulamiento de montañas lo hicieron pensar en lo mucho que se habrían beneficiado los naturalistas que admiraba con esa magnífica perspectiva. Al ganar altura, reconoció el mar a lo lejos.

Era el 8 de diciembre de 1914 y Jules About, fabricante de terciopelo y criador de palomas, surcaba por los cielos del norte de Francia.

Tras los dos días de pruebas, el mecanismo de sincronización no abatió las hélices del avión; era como magia: el furioso encadenamiento de balas esquivaba el propulsor una y otra vez. Para Jules, las prácticas resultaron dificultosas, pues perdió seis palomas en total; unas se golpearon contra las alas del avión y otras con las hélices, por lo que estableció que el mejor modo de liberarlas era arrojarlas con fuerza hacia abajo y hacia un lado, de preferencia cuando la aeronave volara sin ángulo de inclinación. La canasta de viaje que había diseñado con el teniente Waley podía amarrarse al fuselaje, pero era estorbosa y, en caso de que se aflojara, podía ocasionar un accidente. Jules creyó que era recomendable la confección de recipientes individuales, posiblemente de mimbre, para llevar las palomas a bordo; después de todo, los vuelos no solían superar las dos horas y solo se requerían dos o tres aves por avión. Otro problema para tratar era lo complicado que se volvía con el aire escribir el mensaje e introducirlo en la cápsula de la paloma.

El día 9, al despedirse, Roland Garros le dijo a Jules:

—Me gusta la seriedad con que te tomas las cosas, muchacho. Vas a estar bien. Cada vez que vea una paloma en el cielo, me voy a acordar de ti, Jules About.

—La mejor de las suertes, señor Garros —respondió Jules—. Gracias por los vuelos.

Camino al depósito de trenes, Jules y Piper intercambiaron impresiones de las pruebas llevadas a cabo. Infectados por una emoción incontrolable, sus palabras se encimaban unas sobre otras, como las piedras apiladas del patio del depósito. Cualquiera hubiera dicho que no eran soldados en la guerra, sino estudiantes en periodo de vacaciones. Piper había hecho ascensos en los globos de observación británicos y había instalado la cámara miniatura en el estómago de un avión.

—No puedo esperar para ver las fotografías —dijo Piper una, dos, tres veces durante el camino.

41

El 10 de diciembre, antes de partir al frente, Jules tomó un café con Maurice junto a los palomares de la sección, en el campamento militar. A pesar de que el cielo se aclaraba, el sol rehusaba a aparecer aún. A lo lejos todavía se percibían algunas fogatas en otras secciones de la Fuerza Expedicionaria Británica. El frío provocaba un silencio igual de tajante.

Jules le contó a su padre la experiencia de volar y el mecanismo sincronizador de Roland Garros.

—Hay un mundo inexplorado allá arriba —dijo.

Maurice escuchó con admiración el relato, y los escasos comentarios que soltaba estaban manchados de añoranza; no lo pronunció abiertamente, pero le hizo entender a Jules que quizá sería mejor que volviera a su lado. Maurice llevaba días planeando la mudanza del servicio de palomas a Hazebrouck, que se concretaría a inicios del próximo año.

—El traslado va a significar mucho trabajo —dijo Maurice.

Sin embargo, cuando Jules le preguntó sin rodeos si necesitaba su ayuda, Maurice dio un paso atrás.

—Jules, aquí estamos bien. Dussollier se ha vuelto mi mano derecha. No hay nada como el trabajo entre familia, pero Dussollier se desempeña bien. Si decides volver es cosa tuya. Entiendo que tu labor con el escuadrón es de suma importancia.

Entonces Jules aprovechó para compartirle sus planes

sobre el entrenamiento nocturno de las aves y la fotografía aérea.

—Admirable —dijo Maurice—. Aquí el trabajo es pesado y aburrido, pero es seguro, Jules. Hemos conseguido que envíen más hombres para enero y febrero, y cuando se reanuden los enfrentamientos serán ellos quienes repartan las aves en el frente.

—Papá.

—Pero, claro, lo que estás haciendo con el escuadrón es algo grande. Vuelos nocturnos y fotografías. Por Dios, no lo hubiera imaginado jamás.

Antes de despedirse, Maurice le dijo a Jules:

—He gestionado un descanso para que visitemos a tu madre en Año Nuevo, ¿de acuerdo? La familia reunida en el islote dos semanas enteras.

Aunque era hora de dirigirse al depósito de trenes, Jules quiso asomarse a las oficinas de la sección para despedirse también del teniente Waley.

—El manual de la paloma ha crecido considerablemente —dijo Jules—. He inaugurado un capítulo sobre los usos en la aviación y pronto voy a empezar uno sobre la fotografía aérea. El futuro militar de la paloma es más próspero de lo que pensábamos, teniente.

Waley asintió sin decir una palabra. Se retiró el monóculo que llevaba bajo la ceja izquierda y dijo:

—Solo asegúrate de volver en una pieza, muchacho. —Su mirada era la de un pugilista derrotado.

42

A mediodía, cuando el escuadrón terminó de montar el equipo de comunicación inalámbrica en la furgoneta, el cielo se nubló y comenzó a caer una lluvia levísima. Jules About, junto con su veintena de palomas, fue el primero en abordar el vehículo. Se acomodó en la parte trasera, bajo la lona, y pensó en Darwin haciéndose a la mar. Aunque no le interesaba mantener un diario personal, llevaba consigo, como siempre, el cuaderno del manual de la paloma en la guerra.

El segundo en subir fue Piper, que se instaló al lado de Jules y contó varias veces los tanques de hidrógeno que minutos antes habían cargado entre todos. Había diez. Para la prueba con el globo se requería el doble, pero el escuadrón solo llevaba la mitad en ese viaje. Al llegar al frente, Piper había de cavar un agujero y esconder los tanques hasta que, en la segunda expedición, llevaran la otra mitad.

La lluvia no había parado, mas se había vuelto tan ingrávida que los minutos perdieron significado. No fue necesario que Piper pronunciara palabra para que Jules advirtiera su agitación: se acomodaba con regularidad la tela que llevaba en la cabeza y se frotaba las manos como si se las estuviera lavando con jabón.

Un incalculable tiempo después aparecieron Benjamin y Cecil, que discutían sobre el augurio de la lluvia.

—Indudablemente es una buena señal —dijo Cecil—.

Fertilidad, abundancia, tranquilidad, etcétera, todo eso es la lluvia. Un recordatorio de que en el cielo hay vida.

—Mira alrededor, amigo —respondió Benjamin—. Esto no puede llamarse lluvia. Neblina, nube caída, aire mojado. El augurio que debemos interpretar es la incertidumbre del camino, el innegable caos que nos gobierna.

Hombro a hombro, Benjamin y Cecil ocuparon su lugar en la cabina de la furgoneta.

El sargento Harold Thomas fue el último en salir del depósito de trenes. Se tomó un tiempo para comprobar que la puerta estuviera bien cerrada y la golpeó tres veces con la palma de la mano, como despidiéndose. Antes de sentarse al volante, se asomó a la parte trasera y, murmurando para sí mismo, le echó un ojo al cargamento.

Cuando el motor arrancó, Jules le dijo a Piper:

—Algo le pasa al sargento.

—Lo que sucede es que está sobrio —respondió Piper.

La furgoneta enfiló hacia el este. Desde los primeros metros Jules percibió un tintín producido por la irregularidad del camino. Cuando no pudo rastrearlo con la mirada, quiso distinguirlo con el oído. Era un sonido agradable, parecido al de la lluvia, no a la que caía entonces, sino a una más convincente. Jules empezaba a considerar la posibilidad de que alguien llevara en el cargamento un pandero cuando Piper tomó un pequeño saco de tela y lo alzó en el aire.

—Esto es lo que suena —dijo.

Piper le arrojó el saco a Jules, que emitió un quejido al atraparlo. Se trataba de una colección de piedras, blancas en su mayoría, idénticas a las apiladas en el patio del depósito.

—¿No crees que haya piedras donde vamos? —dijo Jules.

—Seguro que las hay —respondió Piper—. Esto es distinto. En el saco guardo las que me parecen más bellas.

—Ya veo.

—Y las llevo a todas partes. De vez en cuando me dan ganas de colocar alguna en las pilas.

—Me gusta eso de las pilas —dijo Jules.

—Es un juego que jugaba de pequeño con mi hermano. Verás, tengo un hermano.

—Fenomenal.

—Un hermano gemelo.

Más tarde, cuando la furgoneta se detuvo, nadie del escuadrón sabía cuánto tiempo había pasado con exactitud. La lluvia, delgada y flotante, los había acompañado durante todo el camino y aún rociaba la zona. No era posible ver demasiado lejos debido a la bruma, pero el sargento señaló con el dedo hacia el este y dijo:

—A una milla en esa dirección se encuentra el enemigo, tomando el almuerzo, probablemente.

43

El sargento Thomas había elegido el sitio tras analizar los mapas del área de Ypres durante días. Se hallaba entre un batallón francés y uno británico, que sostenían su posición a un par de kilómetros de allí. Era lo más cercano que se podía estar del enemigo sin tener que refugiarse en las trincheras. Una ligera inclinación del terreno mantendría al escuadrón fuera de peligro. Aun así, les dijo el sargento a sus hombres, debían moverse con precaución.

—Hay unidades móviles vigilando el área.

Todos ayudaron con el montaje de una gran tienda, donde se instaló el equipo de comunicación inalámbrica. Enseguida, antes de que el huidizo sol decembrino se ocultara, Benjamin y Cecil se ocuparon en fijar en la tierra dos cañas de bambú de tres metros de altura, separadas por treinta pasos. En lo alto, las cañas tenían unas argollas por las que pasaron un cable de cobre.

—Es oficial, sargen —anunció Benjamin—. Tenemos antena.

—Ha dejado de llover —dijo este tras mirar hacia arriba.

Era verdad: el cielo se había despejado. De tan fina que era la lluvia, nadie había advertido su ausencia.

Además del equipo de radio, en la tienda instalaron el despacho del sargento, quien había acarreado una colección de documentos para exhibir con alfileres en la lona. La parte trasera de la furgoneta, ahora solo con los tanques de hidrógeno, iba a tener el doble uso de palomar y estudio de fotografía. Durante las próximas cinco noches cada hombre debía dormir en su espacio de trabajo.

Lo cierto era que Jules About no tenía mucho que hacer. La mitad de su labor, la fotografía aérea, dependía de Piper, y la otra mitad, las palomas, se reducía a soltar a la veintena que había llevado consigo. Puesto que diez palomas habían sido entrenadas en las tinieblas y las otras diez de forma natural, la liberación estaba programada del siguiente modo: dos aves cada mañana y dos cada noche durante la expedición. Jules esperaba que las palomas diurnas volvieran al depósito de trenes sin problema, pero el desempeño de las noctívagas estaba por verse.

Aprovechando los últimos rayos del sol, pasadas las cinco de la tarde, trabajó en el manual de la paloma, en concreto en lo que había reflexionado tras la experiencia a bordo del avión de Roland Garros.

Cuando la oscuridad no le permitió seguir escribiendo, Jules oyó la voz de Cecil:

—Es oficial, señores. Tenemos señal.

Jules bajó de la furgoneta y fue a asomarse a la tienda. A la luz de una lámpara de gas y muchas velas, el espacio se había convertido en un auténtico departamento militar. La imagen de Benjamin y Cecil, sumergidos por completo en el albur de la radiofonía, le recordó el retraimiento de sus tías con el tarot y la piromancia. Después de todo, el arte de ambos duplos tenía que ver con las aptitudes de escuchar y de interpretar.

Al sargento Thomas lo encontró en su oficina limpiando un rifle y una pistola, las únicas armas del escuadrón. Mientras hablaban, el sargento no quitaba la mirada de sus manos, pero cada tanto le echaba una ojeada al repertorio de documentos que había desplegado por la lona. Jules reconoció en él un aplomo inédito: sus movimientos, como su discurso, eran medidos y equilibrados, y la puntería de sus ojos se había hecho precisa.

A la hora de la cena Jules salió de la tienda en busca de Piper, que había pasado la tarde cavando el agujero para los tanques. Como no lo encontró, se dirigió a unos árboles cercanos y, susurrando, lo llamó por su nombre. La luna parcial y las estrellas iluminaban apenas la noche. En eso se oyó un silbido, un rumor. Guiado por el ruido, Jules dio con Piper en un pequeño claro, donde este apilaba piedras.

—Vamos, Piper —dijo Jules—. Cecil ha calentado una sopa deliciosa.

—Sí, enseguida —dijo Piper y continuó trabajando en una pila.

—Vamos, que se enfría.

—¿Sabes, Jules? Me conformaría con que, cuando acabe la guerra, una sola de las pilas que levanto siga en pie.

—Una sopa deliciosa, Piper.

—Con eso me conformaría. Una piedra sobre otra.

44

Tanto aquella expedición como la que iban a emprender el día 20 eran maniobras de prueba. La intención del sargento Thomas era instalar una base fija allí, cerca del frente, que hiciera llegar a la oficina del depósito de trenes cualquier dato robado al enemigo; en el depósito, ya con más personal, estudiarían la información recibida y enviarían lo más relevante al cuartel general de Saint-Omer. Una vez que se reanudara el fuego en el frente con toda la furia, es decir, cuando pasara la severidad del frío, se pondría en marcha el programa.

La médula de la operación era la tecnología inalámbrica. Escuchando al enemigo en las trincheras no esperaban descubrir grandes claves militares, sino desplazamientos cotidianos y ataques sorpresa. También era valioso enterarse del ánimo de los batallones cercanos y de las provisiones de alimento y munición con que contaban. El cometido del escuadrón era específico y práctico: reunir pequeños fragmentos de inteligencia para salvar vidas aliadas en el área de Ypres.

Frente a la importancia de interceptar señales de radio, el resto de los procedimientos del escuadrón eran secundarios. En el propio ámbito de la tecnología inalámbrica, estaba la difusión de contenido falso para despistar al enemigo; con este fin, el escuadrón contaba con un transmisor Marconi y un generador. Luego estaban el globo de hidrógeno de Piper y la fotografía aérea con palomas.

Ondas invisibles, cámaras miniatura, aves entrenadas: que tales métodos, frágiles y rebuscados, fueran parte de la guerra militar no dejaba de asombrar a Jules About.

45

—Me pregunto algo, Benjamin —dijo Cecil—. Cuando dices que extrañas tu casa, ¿a cuál te refieres? Te recuerdo, amigo bígamo, que tienes dos.

Los soldados estaban al pie de uno de los dos postes de bambú reacomodando el tapete de tela metálica que servía como conexión a tierra para la antena.

—Me refiero a las dos y, al mismo tiempo, a ninguna —dijo Benjamin—. Extraño la sala de estar de la casa del norte. Extraño la cama de la casa del sur. Extraño cosas de ambas. No lo entenderías, amigo.

—Correcto, no lo entiendo. Por eso pregunto.

—A veces, incluso, extraño cosas específicas, muy específicas, como una silla de descanso o un par de zapatos, pero me es imposible determinar en qué casa se hallan. Simplemente, no lo recuerdo. Es confuso, ¿sabes?

—Debe serlo, viejo pillo.

Desde lejos la antena parecía una portería de fútbol colosal, un tendedero para ropa colosal, un puente para hormigas colosal.

—¿Sabes en qué estoy pensando, Cecil?

—Dime, Benjamin.

—En esos soldados colgados. ¿Los recuerdas?

—Vaya si los recuerdo.

—¿Habrán sido unos quince? ¿Veinte, tal vez?

—En mi cabeza son algo así como treinta.

—Desnudos todos, con el rostro deshecho por los disparos.

—¿Para qué colgarlos si les vas a disparar, Benjamin? No lo comprendo.

—Lo he recordado hace unos minutos, Cecil. Estos postes me han hecho pensar en ello.

Los soldados se acercaron al otro poste de bambú. Los treinta pasos los dieron en silencio.

—Y cuando dices que extrañas a tu mujer —dijo Cecil—, ¿a cuál te refieres?

—Hay días que extraño a la del norte y días que extraño a la del sur. De ahora en adelante voy a mencionarlas por su nombre, para evitar confusiones.

—No lo hagas, por favor. No digas sus nombres. Solo estoy tratando de entender.

Los soldados reacomodaron el tapete de malla metálica del segundo poste.

—Debo reconocer que también hay días en que extraño una mujer construida con elementos de ambas. La voz de una, el perfume de otra.

—Una mujer que no existe.

—Exacto.

—Qué triste, viejo pillo.

De cerca la antena parecía un descanso para pájaros solitarios, un alambre para funámbulos solitarios, una puerta para peregrinos solitarios.

—Digamos que capturas a treinta enemigos, Benjamin, y decides que los vas a matar. Nada de arrestos, nada de negociaciones. Los vas a matar y punto final.

—Déjalo ir, Cecil.

—Lo propio es pedirles que se arrodillen y luego les disparas en la nuca, uno a uno. Es más, si tienes tiempo, los obligas a cavar su tumba antes.

—Venga, hombre, no te obsesiones.

—Es que no me lo creo. Tras dispararles, se tomaron la molestia de colgarlos. ¿O crees que sería al revés? Que los colgaran y luego les dispararan, quiero decir.

—No lo sé, Cecil. No lo comprendo. Fue un acto barbárico.

—Dispararles así en el rostro, Benjamin. No está bien. Hasta el último soldado estaba desfigurado.

—Y la sangre les escurría por el cuerpo.

—No está bien.

—No, no está nada bien.

46

El sargento Harold Thomas no bebió una sola gota de alcohol durante la expedición. Por las mañanas salía de la tienda y hacía ejercicios para estirar el cuerpo. El uniforme impecable a todas horas, las manos detrás de la espalda al andar, la mirada incrustada en los mapas y papeles de la tienda: el talante del sargento era tan nuevo que Jules About tuvo la impresión de que era simulado, de que la verdadera identidad del sargento era la que surgía tras media botella de whisky.

A varios metros de la tienda, en el punto más alto del terreno, el sargento Thomas había instalado un pequeño trípode con unos binoculares que disimuló con ramas y hojas. Con frecuencia se dirigía a ese puesto, se echaba al suelo y ajustaba los lentes. Se podía pasar una hora sin despegar la mirada, estudiando el horizonte de destrucción. El cuerpo de los binoculares estaba forrado con cuero y tenía algunos detalles dorados en metal. Por el cuidado con que lo manejaba, el instrumento había adquirido un aire lujoso.

Después de días de cavilación, Jules se acercó a él y se dejó caer a su lado.

—Jules —dijo el sargento, inspeccionando la lejanía.

—Sargen, quisiera comentarle algo, algo que podría servirnos para espiar al enemigo.

—¿Has tenido la oportunidad de echarle un vistazo al panorama con los binoculares? Vamos, hazlo.

El sargento se hizo a un lado, y Jules estiró el cuello. A través de las lentes, la palidez del horizonte se le reveló.

—De miedo, ¿no es verdad? —dijo el sargento mientras Jules movía de lado a lado el instrumento—. Para cuando termine la guerra, vamos a dejar medio planeta lleno de agujeros y árboles chamuscados.

Tras recorrer el paisaje, Jules About retiró la mirada de los binoculares y la puso sobre su superior.

—Como le decía, sargento, hay algo que quisiera comentarle. Sucede que, antes de unirme al escuadrón, entrevisté a varios oficiales en relación con el uso de la paloma en la guerra. Escuché maravillosos consejos y relatos, y precisamente he estado pensando en las palabras de un capitán sobre la guerra franco-prusiana.

—¡Ah, esos viejos oficiales! Lamento decírtelo, muchacho, pero hay que desconfiar de ellos.

Las palabras le sonaron a Jules como aquellos discursos exaltados del verdadero sargento, pero el aliento de este no olía más que a café.

—Se trata de una táctica que podría servirnos de gran utilidad, modificándola, claro, a nuestros tiempos y tecnología —dijo Jules ignorando la interrupción—. En resumen, lo que propongo, basado en los comentarios de ese capitán, es arrojar una especie de canastas sobre el territorio ocupado por el enemigo, canastas que contengan un par de palomas entrenadas, papel y lápiz. Las canastas deben ir acompañadas por un mensaje que solicite a quienes las reciban información sobre la circunstancia en el frente. Depósitos de armamento, ubicación de tropas, todo lo que pueda servirnos lo deben escribir en papel, introducirlo en la cápsula de las palomas y luego liberarlas. Habría que arrojar las canastas desde nuestros aviones, sobre las ciudades belgas y francesas bajo ocupación alemana. Estoy seguro de que hay patriotas que buscan cómo ayudar. Solo tenemos que darles los medios.

—Jules —respondió el sargento mirándolo—, hay que tener cuidado con los viejos oficiales. Observa estos binoculares, por ejemplo. Bellos en verdad, ¿no te parece? Bien, las lentes de ahí dentro, has de saber, fueron fabricadas en Alemania, en la ciudad de Jena, para ser precisos. De hecho, la mayoría de las lentes del equipo militar británico son de origen alemán. —Pecho al suelo, el sargento Thomas arrancaba de la tierra la hierba que tenía al alcance de las manos—. Naturalmente, ahora con la guerra, el Ejército británico ha sufrido con el suministro del equipo óptico que las tropas requieren en el frente.

—Disculpe, sargento, lo que yo propongo es... —dijo Jules, pero el sargento Thomas elevó la voz y siguió con su argumento:

—Lo que he escuchado en las recientes semanas, en boca de algunos amigos del cuartel general, es que, tras bambalinas, Gran Bretaña ha iniciado negociaciones con Alemania para conseguir instrumentos ópticos. A cambio, se dice, el enemigo está solicitando caucho natural, componente imprescindible para neumáticos y cables.

—Sargen.

—De modo que, mientras nosotros estamos aquí, matándonos los unos a los otros, los de arriba, los que no pisan el lodo, firman acuerdos. Lentes y caucho, Jules. Todo sea por el bien de la guerra.

Tirados en el suelo, ante el panorama inmóvil y desolado, el sargento Harold Thomas y Jules About permanecieron en silencio un par de minutos. Luego el sargento se puso de pie y se limpió con las manos el uniforme.

—Suena bien lo de las canastas, muchacho. Te pido que trabajes en algunos dibujos y en las instrucciones operativas. Es diferente a todo lo demás.

Cuando se quedó solo, Jules le echó un segundo vistazo al horizonte con los binoculares. Al otro lado del frente, quién sabe dónde, detrás del muro de alambrada, se hallaba Gin. Sin advertirlo, él también se había puesto a arrancar la hierba con las manos.

47

En la casa de los Laval, Gin se instaló en una bodega donde su padre guardaba algunas piezas de tela. Haciendo a un lado el motivo por el que había sido desplazada de su dormitorio original, no le molestaba el lugar. Una vez que reacomodó las piezas y que trasladó sus libros y otras pertenencias, la bodega terminó por convertirse en un nido acogedor. Estar rodeada del terciopelo de Amiens era un modo de estar más cerca de Jules.

La tienda de telas de Charles Laval se mantenía abierta, aunque por mera terquedad, pues la penuria de la guerra se había extendido por toda la región y el comercio estaba paralizado. El alimento se había vuelto la única preocupación de la gente. A pesar de ello, Charles insistía en abrir la tienda para tratar de engañarse con la continuidad de la rutina. Desempolvaba el local, organizaba las telas y hacía el inventario. El resto del día se sentaba a mirar el transcurso del tiempo.

A veces, tanto Gin como France, su madre, le hacían compañía en la tienda. Más que por empatía, lo hacían para salir de casa y cambiar de aire. La economía familiar estaba estancada, pero esto no los privaba de pretender, en las largas y grises tardes de la invasión, que la realidad era distinta. El juego que jugaban era el de la antigua normalidad: uno hacía de cliente, otro de dependiente y el último de cajero. Solían turnar los roles y a menudo Gin elucubraba sobre las historias de los personajes.

—Ahora soy una mujer ciega en busca de un terciopelo amarillo —les decía a sus padres—. Como no tenemos ese color, ustedes tienen que convencerme de que este terciopelo rojo es amarillo. Pero lo interesante es que yo puedo intuir las tonalidades con el tacto.

Y así comenzaba el juego.

—Señora, hoy es su día de suerte —decía France—. Recién me ha llegado una pieza perfecta para lo que busca. Es de un amarillo radiante, solar.

—Un retazo de campo de girasoles —agregaba Charles—. Un velo de oro.

—¿Me permitirían tocar la tela un segundo, amables señores?

Abrir la tienda era un modo de estar más lejos de la guerra.

En casa, la rigidez del comandante Helmut Frank comenzaba a cobrar mayor notoriedad. Aunque se conducía con buenos modales, a Gin no le gustaba que les soltara órdenes a ella y a sus padres. «A partir de hoy, el consumo de alcohol en esta casa se limita a mi persona», le había dicho a Charles. «Queda prohibida toda la música que no sea de origen alemán», le había dicho a France. Y a Gin, una tarde en que la encontró leyendo en la sala de estar, le dijo: «Será mejor que busques otro tipo de libros. Por el momento, Jules Verne queda vedado».

Nadie podía rechistar. Con el uniforme militar y el arma en el cinturón, el comandante ni siquiera tenía que molestarse en dar explicaciones: gozaba de la facultad de silenciar a los demás con un mero ademán.

En cuanto conoció la naturaleza controladora de Helmut Frank, Gin optó por vivir los días bajo el dogma de evitarlo a toda costa.

48

Cada noche en el frente, Jules hacía el primer turno de guardia y atendía a la decena de aves noctívagas: las alimentaba, limpiaba las jaulas y liberaba a las dos elegidas. Además de la oscuridad, las palomas tenían el obstáculo del frío, que se afilaba más y más, de modo que hasta no volver al depósito de trenes sería imposible saber si el entrenamiento experimental había funcionado. Jules las liberaba con un lanzamiento vigoroso, pero, a la luz de la luna, era notoria cierta vacilación en el inicio de su vuelo. Incluso en dos ocasiones, al ver que las palomas se negaban a partir, se había visto obligado a azuzarlas agitando una bandera británica.

Las cinco noches en el frente Jules percibió música y cantos lejanos, tanto en inglés y francés como en alemán. El movimiento reducido de las tropas y la cercanía de las Navidades comenzaban a surtir efecto en los hombres, que conservaban la esperanza de que la guerra terminara pronto. Aun así, esos cinco días Jules también oyó disparos y explosiones. Una intuición le sugería que si algún día llegaba la paz sería tras la victoria, no tras un convenio entre naciones.

La mañana del sexto día, antes de recoger el campamento y volver a Saint-Omer, Jules y Piper realizaron la prueba de la fotografía aérea. Montaron la cámara miniatura en la paloma que Jules consideró la más inteligente y la soltaron con palabras de aliento. El ave se alzó en el aire con energía y determinación, hecho que reconfortó a los muchachos. La suerte estaba echada. Luego terminaron de cubrir el escondite de los tanques de hidrógeno.

Aquel 15 de diciembre Benjamin y Cecil recogieron el equipo de comunicación inalámbrica con la satisfacción del éxito: desde el segundo día de la expedición habían logrado interceptar las señales del enemigo. Si bien la mayoría de los mensajes eran rutinarios y sin relevancia, Benjamin y Cecil los habían escuchado con claridad y sin ser detectados. La pesquisa más destacada ocurrió el cuarto día, a la hora de la cena, cuando Benjamin se puso de pie en la tienda y dijo en voz alta:

—Se han quedado sin mantequilla.

Jules, Piper y el sargento se acercaron deprisa y observaron cómo Cecil afinaba algunos controles del equipo.

—Los *boches* se han quedado sin mantequilla —dijo Benjamin— y culpan al Káiser, que les prometió estar de vuelta en casa antes de que las hojas hubieran caído de los árboles.

El sargento Thomas abrió la boca, estupefacto, y dijo:

—Esto realmente puede funcionar.

A las tres de la tarde el escuadrón terminó de desmantelar el campamento y de cargar la furgoneta; las dos cañas de bambú se quedaron atrás, erigidas. Durante el camino de regreso, en la parte trasera de la furgoneta, Jules y Piper especularon sobre las probabilidades de que la paloma con la cámara miniatura hubiera conseguido volver al depósito de trenes. El tintín de las piedras de Piper era más ruidoso que a la ida: el muchacho se había deshecho de tres, pero había sumado a la colección cinco nuevas. Puesto que de regreso a Saint-Omer no llovió, Jules pudo calcular el tiempo del viaje.

49

La veintena de palomas, completa, se hallaba dentro del palomar del depósito de trenes, celebrando con arrullos la aparición de su criador. Antes que nada, Jules About pescó al ave que llevaba la cámara miniatura en el pecho y le retiró el arnés especial. Piper, que lo había seguido hasta la jaula en cuanto la furgoneta se detuvo, supo de un solo vistazo que la cámara se encontraba en buenas condiciones.

—Ahora es cuestión de que el temporizador haya hecho su trabajo —dijo y se marchó al cuarto oscuro.

Jules, en cambio, volvió a la furgoneta y ayudó a sus compañeros a descargarla. Mientras el sargento Thomas daba indicaciones sobre el sitio de cada cosa, Benjamin y Cecil argüían sobre la percepción de los viajes de ida y de vuelta.

—El de vuelta siempre es más largo —decía uno—, puesto que es familiar y, por lo tanto, tedioso.

—Al contrario —decía el otro—, el de vuelta es cortísimo, puesto que lo has recorrido antes. Es como ir colina abajo.

—Ah, ¿sí? Dímelo cuando todo esto termine y vuelvas a casa. Veremos qué tan corto te parece el viaje.

—Ocurrirá en un chasquido.

—Envejecerás años en el trayecto, te lo prometo.

Descargada la furgoneta, Jules pasó la tarde inspeccionando, una a una, la condición de las aves. Solo entonces asimiló el rotundo éxito del entrenamiento de las noctívagas. En apenas unas semanas había desmentido la vieja sentencia de que las palomas mensajeras pierden el sentido de orientación a oscuras, instaurada ampliamente en el mundo de la colombofilia. Lo que había que hacer ahora era escribirlo todo: el proceso de entrenamiento, el comportamiento individual de las aves, los avances y los retrocesos.

El manual de la paloma en la guerra seguía creciendo y creciendo; de continuar con una redacción meticulosa y exacta, Jules About terminaría, más que con un documento militar, con un estudio científico. Impulsado por la disciplina de los naturalistas a los que admiraba, esa misma tarde empezó a corregir los apuntes que había hecho durante la expedición. El anochecer lo sorprendió haciendo dibujos y a medianoche un pesado cansancio lo fulminó sobre la mesa de trabajo. Era la primera ocasión que pasaba la noche en el depósito de trenes.

A la mañana siguiente, 16 de diciembre, antes de que Jules saliera hacia el campamento militar, Piper lo llamó al cuarto oscuro y le mostró dos fotografías, ambas tomadas desde la altura. Una pertenecía a la colaboración de los muchachos con el Real Cuerpo Aéreo, que Piper aprovechó para instalar la cámara miniatura en el estómago de un avión. Aunque había sido tomada a más de diez mil pies, en la imagen se apreciaba con claridad la ciudad de Dunkerque, los alrededores campestres y la costa. La segunda fotografía pertenecía al viaje que el día anterior había hecho la paloma desde el campamento en el frente hasta el depósito. En medio de la extensa tierra despejada, se veía una columna francesa marchando por un camino; puesto que la altitud del vuelo de la paloma era de cinco mil pies, el detalle de esta fotografía era mucho mayor a la anterior.

—Carajo —dijo Jules al mirarla—, esto realmente puede funcionar.

50

Había pasado solo una semana, pero Maurice abrazó a su hijo con una euforia desmedida. Cuando se lo quitó de encima, Jules vio en el rostro de su padre por primera vez en la vida señales de vejez: fibras blancas sobre las orejas, arrugas al final de los ojos, piel flácida bajo los pómulos. Jules evocó en automático el rostro de su madre, que seguramente había envejecido a la par.

A pesar de que el servicio de palomas estaba activo, atendiendo las comunicaciones de un ataque británico en marcha, el movimiento era más bien limitado. Cada una o dos horas arribaba una paloma, sonaba la campanilla de las jaulas y los hombres del turno despachaban el mensaje. Mientras se ponía al día con su hijo, Maurice miraba la operación sin alterarse: el sistema de la sección funcionaba por sí solo. Jules habló sobre el exitoso trabajo del escuadrón en el frente, tanto de la tecnología inalámbrica como de las palomas, pero daba la impresión de que Maurice no lo escuchaba, no como solía hacerlo otrora, en las travesías por las afueras de Amiens. Con los ojos vidriosos y la voz temblorosa, Maurice sorteó buena parte de la conversación soltando comentarios del tipo: «Qué gusto tenerte de vuelta» y «Me alegra mucho verte a salvo». Sin embargo, tan pronto como su hijo mencionó la segunda expedición al frente, se reincorporó a la plática, mostrando interés en cada detalle.

Minutos más tarde un recluta se acercó a los About e hizo el saludo militar.

—Teniente, tiene una llamada desde el cuartel general —le dijo a Maurice.

La formalidad extrañó a Jules, que había olvidado por completo el rango e importancia que había adquirido su padre en la sección.

—Te ruego que, allá en el frente, dupliques las precauciones, Jules —dijo Maurice antes de marcharse y atender la llamada—. Para Año Nuevo tenemos que estar en casa, sanos y salvos. —Entonces tomó a Jules por el hombro y repitió—: Sanos y salvos. ¡Imagina a tu madre con el vientre crecido!

Jules visitó al teniente Alec Waley en el despacho. En el momento en que lo vio tecleando en la máquina de escribir, sentado a una mesa repleta de folios, con el monóculo bajo la ceja izquierda, se dio cuenta de que lo había echado de menos. El teniente se puso de pie y abrió los brazos en el aire, aunque no se acercó para abrazarlo.

—¡Muchacho! —dijo—. Nos tenías olvidados.

Hablaron de la guerra en otros rincones del mundo, de la próxima mudanza de la sección a Hazebrouck y de la expedición del escuadrón al frente. El teniente demostró admiración por el trabajo de Jules, en especial por el entrenamiento de las palomas noctívagas.

—Eso nos podría ahorrar varios problemas —dijo Waley—. La cantidad de palomas derribadas en los últimos días es brutal. No tienes idea, muchacho. Hay francotiradores por todas partes.

Cuando salió del despacho del teniente, Jules se acercó a un grupo de soldados que jugaban un partido de fútbol. Los rostros eran nuevos, y se inquietó por unos instantes, pero enseguida oyó una voz que lo saludaba:

—Eh, Sprint, ¿qué esperas, hombre? Nos llevan dos goles de ventaja.

51

Hacia finales de 1914 en el frente occidental, el pie de trinchera se había vuelto un problema grave a ambos lados de la línea de fuego. El terreno, convertido en un espeso lodazal, dificultaba la vida de las tropas, ya de por sí afligidas por los horrores de la guerra. La lluvia anegaba las zanjas hasta la altura de las rodillas, a veces más, y dejó indispuestos a una gran cantidad de soldados.

Tras cinco meses de guerra las naciones europeas habían terminado de arrastrar los recursos de las colonias bajo su dominio. Ese diciembre la Marina alemana y la británica se enfrentaban en las islas Malvinas, a más de doce mil kilómetros del Viejo Continente. Mientras tanto, las hostilidades en África se habían expandido ya por una decena de frentes.

En Roma el papa Benedicto XV, recién investido, hacía un llamado a que las naciones beligerantes hicieran un alto al fuego durante las Navidades, discurso que pasó desapercibido entre los líderes políticos. Sin embargo, el frente occidental estaba por registrar una serie de interacciones pacíficas en las trincheras, en tierra de nadie. El hecho, que fue condenado por los altos mandos, cerró el año de 1914 con un insólito aire de cortesía.

Una pizca de esperanza en la humanidad.

52

Los tres días que faltaban para la partida de la segunda expedición Jules About los pasó de punta a punta en el depósito de trenes, persiguiendo aquella idea de soltar desde el cielo canastas con palomas sobre el territorio belga y francés que ocupaba el enemigo. Detrás de su persistencia estaba la quimera de que una de esas canastas cayera en manos de Gin y obtuviera así noticias de ella. No era un sueño desproporcionado: de llevarse a cabo el proyecto, se prometía Jules, esperaría la llegada de cada paloma y estudiaría la letra de todos los mensajes, con esperanza de encontrar la caligrafía estilizada que él bien conocía.

Además de eso, Jules solo se encargaba de limpiar las jaulas y ejercitar a las aves, a la mitad durante el día y a la mitad por la noche. En cuanto a la fotografía aérea, Jules y Piper habían acordado con el sargento Thomas que el paso siguiente era liberar a la paloma con la cámara miniatura desde el área de Reims, doscientos kilómetros al sur; de este modo, aseguraban, la ruta de vuelo de la paloma pasaría en su mayoría sobre el terreno ocupado por los alemanes y podrían hacerse una verdadera idea del valor de la táctica. Aún no se decidía cuándo ni quién haría el viaje al sur; hablarían de ello en enero, cuando Jules se reincorporara al escuadrón.

Piper no hizo otra cosa más que corregir el diseño y las costuras del globo de hidrógeno, que por fin iba a poner a prueba. Jules podía medir el nivel de nerviosismo de Piper en virtud de la frecuencia con que salía a apilar piedras al patio. La manía era como la del fumar o cualquier otra: cuanto más la cumplía el practicante, menos duraba el efecto apaciguador. Hacia el anochecer, Piper terminaba yendo al patio cada diez minutos y batallaba mucho buscando el equilibrio de las piedras.

A su vez, Benjamin y Cecil estaban ocupados con los preparativos de la próxima prueba: la transmisión radiofónica. La intención era difundir pistas falsas al enemigo, por lo que, además de alistar el equipo, había que programar el contenido. Una parte de la prueba que seguían sin resolver era cómo percatarse de si los alemanes los estaban escuchando y, en ese caso, si entendían el inglés. La dificultad de la misión era doble: engañar y verificar el engaño.

El periodo entre las expediciones también fue un tiempo de diligencias para el sargento Harold Thomas, que se reunió a diario en el cuartel general con sus superiores.

—Estamos gestionando la operación para el próximo año —le comentó a Jules un día—. Como se lo prometí a ti y al teniente Waley, vamos en serio. El escuadrón está a punto de dar un gran paso.

De ordinario, Jules no hubiera prestado mucha atención a lo que decía, pero, por más arrebatadas que sonaran sus palabras, el sargento estaba sobrio desde hacía más de una semana.

Los estruendos lejanos de la guerra, los rumores sobre los muertos acumulados, la cercanía de las Navidades y el Año Nuevo o la oportunidad real de salvar vidas: fuera por lo que fuera, los hombres del escuadrón percibían una presión sobre ellos. Era palpable.

53

El 20 de diciembre, camino al frente, Jules About reparó en que el tintín de las piedras de Piper era más suave que en días anteriores. Cuando se lo señaló, Piper asintió.

—He utilizado ya la mayoría —le dijo a Jules—. ¿Te parece ridícula la idea de cargar con una colección de piedras? —Jules negó con la cabeza y, como si no lo hubiera visto, Piper añadió—: Antes que nada, aquello de opinar que una piedra es más bella que otra, ¿te parece ridículo también?

Jules iba a responder, pero entendió que su compañero estaba pensando en voz alta, que no le interesaba iniciar una conversación, por lo que guardó silencio. Se limitó a echarle un vistazo al saco de tela en que Piper guardaba las piedras; halló que solo había alrededor de diez, blancas y redondas. «Son perfectas», pensó Jules.

Al llegar al sitio del campamento, hallaron que las dos cañas de bambú seguían erigidas. Apagado el motor de la furgoneta, Piper corrió a inspeccionar los diez tanques de hidrógeno que había enterrado días atrás. La prueba con el globo estaba asegurada: el escondite estaba intacto.

Minutos después, cuando la tienda estuvo lista, Benjamin le dijo a Cecil:

—¿Lo ves? Puesto que ya lo hicimos antes, ahora hemos montado el campamento en menos tiempo.

—¿Qué dices, amigo? —dijo Cecil—. Nos ha tomado una eternidad.

Los siguientes días transcurrieron más silenciosos de lo acostumbrado. Los hombres estaban tan envueltos en sus proyectos que solo se juntaban para comer. Jules se había llevado consigo a la decena de palomas noctívagas, que iba a soltar por parejas cada noche, igual que la expedición pasada. Fuera de eso, estaba enfrascado en los pormenores de la maniobra militar con las canastas que arrojarían al otro lado del frente. Había decidido que el mejor modo de garantizar la ejecución de la maniobra era involucrar al sargento Harold Thomas, por lo que, durante esos días, procuró acercarse y consultarlo a propósito de ciertos aspectos técnicos.

La estrategia funcionó y el sargento comenzó a buscar a Jules incluso para cuestiones que no estaban relacionadas con el potencial de las palomas; simplemente disfrutaba su compañía. A menudo lo llamaba para vigilar el horizonte con los binoculares, hombro con hombro, tumbados en el suelo. El sargento se entretenía con las reflexiones naturalistas de Jules, y mientras este no callara aquel no dejaba de examinar la lejanía.

En la tienda, inmersos en la inescrutable regulación de los aparatos, Benjamin y Cecil habían iniciado las pruebas de transmisión. Habían elaborado a grandes rasgos la historia de dos soldados en trincheras vecinas que se quejaban de las condiciones miserables. Uno hablaba en particular sobre la infestación de ratas que sufría su batallón; el otro, sobre el deterioro en la salud de los hombres que la humedad estaba provocando. Los personajes llevaban los nombres verdaderos de Benjamin y Cecil, y la gracia de la conversación era que cada uno creía hallarse en peor condición que el otro.

—Amigo, amigo, ¿me escuchas? —decía Benjamin—. ¿Cómo has pasado la noche? Te reporto que aquí dos hombres amanecieron sin un pedazo de oreja. Las ratas se han vuelto golosas.

—Buen día, soldado —decía Cecil minutos después—. Fresco el aire, ¿eh? Un compañero me manda a ofrecerte una barra de chocolate a cambio de una de esas ratas voraces que tienes allá. Dice que le encantaría que un dulce animalito viniera y le arrancara un pedazo de pie. Ya no soporta el dolor.

Mientras tanto, Piper, en un silencio absoluto, trabajaba a toda marcha en reforzar las costuras del globo de hidrógeno.

El día 22 al atardecer, recostado en el punto más alto del terreno, el sargento Thomas se retiró con brusquedad los binoculares y dijo:

—Una patrulla alemana, entre aquellos arbustos de allí, a trescientas yardas.

Jules, tendido a su lado, tomó los binoculares y buscó al enemigo. Era verdad: una columna de seis uniformados exploraba la zona. El sargento se incorporó y se dirigió con premura a la tienda. Jules permaneció tumbado boca abajo estudiando a la patrulla. Era la primera vez que podía ver a detalle el rostro de los alemanes, no solo la silueta de sus cuerpos, como cuando repartía palomas en el frente.

El sargento volvió con el rifle y la pistola que guardaba en la oficina. Una vez en el suelo, inhaló con fuerza y procedió a cargar el rifle y apuntó a la patrulla alemana; entonces le entregó la pistola a Jules, que no supo qué hacer con ella, y tomó los binoculares.

—Los seis vienen armados —susurró.

Agazapados, con el dedo sobre el gatillo, Jules y el sargento observaron sin parpadear el trayecto del enemigo. Varios minutos pasaron antes de que se hiciera evidente que la patrulla no pretendía avanzar hacia ellos, sino desplazarse hacia el norte, explorando el área.

Cuando el panorama volvió a la quietud, ambos fueron

en busca del resto del escuadrón. El sargento sopesó la posibilidad de recoger el campamento y regresar a Saint-Omer, pero al fin decidió quedarse. Aún faltaba por averiguar si los alemanes estaban recibiendo la señal de radio de Benjamin y Cecil.

El escuadrón instaló una guardia permanente de dos hombres.

54

Tras el avistamiento de la patrulla alemana, el sargento le ordenó a Piper suspender de momento la prueba con el globo de hidrógeno, planeada para ese mismo día, 22 de diciembre. La transmisión de Benjamin y Cecil, sin embargo, continuó sin alteración el 23 y 24. Cada tres horas, desde las seis de la mañana hasta las nueve de la noche, los personajes que habían creado intercambiaban impresiones sobre la vida en las trincheras. Las pláticas tenían tanta gracia como las que Benjamin y Cecil sostenían en realidad, y el sargento y Jules hacían turnos con los binoculares para asistir a las transmisiones.

Piper, en cambio, prefería refugiarse en la parte trasera de la furgoneta o apilar piedras en el claro que había hallado entre los árboles cercanos.

El día 24, después de la transmisión de las tres de la tarde, Benjamin y Cecil se dieron cuenta de que una estación alemana los había estado escuchando.

—Una de las estaciones que escuchamos a diario acaba de comunicarse con otra y ha hecho un comentario sobre las trincheras británicas —les explicó Benjamin a Jules y al sargento—. El operador ha dicho: «Pobres *tommies*. Quisiera mandarles un regalo a Benjamin y a Cecil por las Navidades».

—Carajo —dijo el sargento Thomas—. ¿Están seguros de que eso fue lo que escucharon? ¿Las palabras Benjamin y Cecil?

—Así como lo oye. Benjamin y Cecil —respondió Benjamin.

—Usted mismo lo ha dicho, sargen —añadió Cecil—. Mi compañero habla tan bien el alemán como el Káiser.

—Carajo —volvió a decir el sargento—. Benjamin y Cecil.

Animado por la buena noticia y dado que no había habido señales de la patrulla alemana en dos días, el sargento Thomas autorizó que se realizara la prueba con el globo de hidrógeno. Piper se apresuró a bajar los diez tanques de la furgoneta, así como a recuperar los otros diez que había escondido hacía una semana. El cielo estaba despejado y el viento soplaba tranquilo. El sargento se introdujo en la tienda y pidió que solo lo llamaran si el globo alcanzaba los ciento veinte pies de altura proyectados. Benjamin y Cecil no se despegaron de los controles de radio.

Cerca de la furgoneta, Jules y Piper clavaron en la tierra varias estacas, a las que sujetaron un cabrestante que permitía elevar y bajar el globo. Luego extendieron la gran tela de seda y comenzaron a llenarla con gas. La esfera fue tomando forma. Antes de montar la cámara, Piper quiso hacer un ensayo y elevar el globo un tanto.

—Digamos cuarenta pies, para ver cómo se comporta.

A medida que Jules hizo girar el cabrestante soltando cable, el globo ascendió en una perfecta vertical. Al mirar hacia arriba, Piper no pudo contener una larga sonrisa.

—Vuela —dijo.

—Como pompa de jabón —precisó Jules.

Cuando bajaron el globo, Piper acopló la cámara con ojo de pez y activó el temporizador.

—En diez minutos exactos se va a disparar la primera fotografía y en quince, la segunda.

Piper insistió en operar el cabrestante. Jules se alejó unos pasos y se recostó sobre el capó de la furgoneta para obtener una mejor vista del ascenso.

A sesenta pies de altura el globo empezó a moverse con el viento; a noventa, el balanceo se hizo más amplio, y a cien, más brusco. Con la mirada siempre en lo alto, Piper fue soltando cable poco a poco, con una mesura exagerada pero constante, hasta que el cabrestante llegó al tope. Al unísono Jules y Piper gritaron hurras y aplaudieron. El vuelo del globo era algo inestable, como el de un cometa, pero no insostenible: en su propio meneo había un equilibrio. Piper se acomodó la tela que llevaba en la cabeza y entrelazó las manos detrás de la nuca. En eso se oyó un disparo y el magnífico globo explotó. Los seis integrantes de la patrulla alemana se hallaban a una corta distancia y ahora apuntaban a los muchachos. De inmediato Jules se dejó caer al suelo desde el capó de la furgoneta y gritó:

—¡Piper!

Pero era demasiado tarde.

Piper, todavía con las manos detrás de la nuca, recibió un disparo que le cruzó la frente, justo por debajo de la tela que portaba, y se desplomó sin vida.

Bajo una lluvia de disparos, Jules se arrastró hacia la parte trasera de la furgoneta y se acuclilló. En ese momento advirtió que el rifle del escuadrón se asomaba desde un extremo de la tienda e instantes después, desde otro extremo, vio salir al sargento Thomas abriendo fuego con la pistola. El intercambio de disparos fue ensordecedor. Jules no pudo hacer más que ovillarse, cerrar los ojos y evocar el cuello delicado de Gin aquella tarde lejana, lejanísima, bajo el castaño.

Cuando llegó el silencio, Jules abrió los ojos y comprobó, incrédulo, que estaba ileso. Las cenizas del globo seguían cayendo desde el cielo. De la tienda salieron Benjamin y Cecil, este último apuntando todavía con el rifle. El sargento Thomas, que estaba de rodillas a un lado de la tienda, le hizo una seña para que se aproximara. Jules obedeció; apenas sentía las piernas, pero ayudó al sargento a levantarse.

Los seis alemanes estaban en el suelo. El sargento y Cecil remataron a dos de ellos. Jules y Benjamin acudieron al cuerpo de Piper. El muchacho había caído de espaldas, con las piernas y los brazos extendidos. Todavía le brotaba sangre por la frente, empapando la tela que llevaba en la cabeza.

55

A las seis de la tarde el cuerpo de Piper ya se hallaba bajo tierra. Jules se arrodilló en el lugar un largo rato; intentó apilar unas piedras y descubrió que su pulso era inestable. De las cuatro que consiguió apilar, una pertenecía a la selecta colección de Piper. El saco de tela, aún con diez piedras, Jules lo guardó en su equipaje; había adquirido el nefasto peso de las pertenencias de los muertos.

Benjamin y Cecil se acercaron a la tumba con la cabeza gacha y pronunciaron unas palabras en referencia al potencial de Piper.

—En su silencio y aislamiento había una inteligencia especial —dijo uno.

—Una suerte de iluminación —dijo el otro.

—Una clase de magia.

—Exacto.

Era la primera vez que Jules los veía ponerse de acuerdo.

El sargento Harold Thomas salió de la tienda minutos después. Tenía el rostro enrojecido y la mirada desvinculada de la realidad. Botella en mano, caminó hacia sus hombres con pasos irregulares, tarareando una tonada.

—Es una pena —dijo y se colgó de un hombro de Jules—. Una verdadera pena. El buen Pip, el sabio Piper. —El sargento se llevó la botella a los labios y le dio un sorbo. Cuando terminó, recobró una estabilidad inesperada y se desprendió de Jules—. ¿Saben una cosa? Estoy pensando que, en cuanto reporte al cuartel lo que ha sucedido, no es imposible que mis superiores me extiendan una felicitación. Un soldado a cambio de seis. Buena tarifa, me dirán. Un indio a cambio de seis alemanes. Si esto fuera un ajedrez, iríamos ganando. Buen movimiento, me dirán. —El sargento le dio otro sorbo a la botella—. En fin, como saben, Piper tiene un gemelo. ¿Quién viene conmigo a buscarlo?

La mirada puesta sobre la tierra, el sargento siguió bebiendo y soltando su diatriba, hasta que el frío lo paralizó y guardó silencio. Benjamin entonces se puso a su lado y le dio una palmada en la espalda.

—Vayámonos, sargento.

—Sí —respondió Harold Thomas, los ojos vueltos canicas de vidrio—, vayámonos.

Bajo un cielo gris que deformaba la silueta de las cosas, el escuadrón recogió el campamento y cargó la furgoneta. Jules About liberó a las palomas que le quedaban y, acaso por el frío, tuvo que ahuyentarlas con aplausos y alaridos. En cuanto se dejó de oír el batido de las alas, Jules detectó un rumor distante. Benjamin y Cecil también lo detectaron, alzaron el rostro y apuntaron la oreja hacia el sur, desde donde llegaba el ruido.

—Las tropas están cantando en las trincheras —dijo Jules—, suelen hacerlo.

—Ahora es distinto —dijo Benjamin.

—¿Escuchan? —intervino Cecil—. Están cantando villancicos.

Los soldados hicieron mutis y aguzaron el oído.

El sargento Thomas dijo:

—*Christians wake!* Odio esa canción.

—Es bellísima —dijo Jules.

Antes de subir a la furgoneta, los hombres del escuadrón

le echaron una última mirada al terreno. Las dos cañas de bambú se erigían como astas sin bandera.

—¿A casa? —dijo Benjamin.

—A casa —dijo Cecil.

Los cantos de las tropas no se habían detenido.

—¿Saben qué? —dijo el sargento agitando en el aire la botella de whisky—. Vayamos a la fiesta, vayamos a cantar un poco. Es Nochebuena, después de todo. —Dio un trago y añadió—: ¡Por Pip!

Benjamin se puso al volante y Cecil viajó a su lado. El sargento Thomas se recostó en la parte trasera y cerró los ojos. Camino hacia las trincheras, a la par que el volumen de los villancicos aumentaba, Jules fue dejando de oír el leve y grato tintín de la colección de piedras de Piper.

56

Ya en plena oscuridad, aparcaron la furgoneta en un puesto de defensa británico y, en fila, se introdujeron en las trincheras. Al frente, el sargento Thomas intentaba acompañar el canto de las tropas de la primera línea, pero a menudo se interrumpía para saludar a los soldados que encontraba al paso.

—Eh, campeones —les decía a los heridos—, a estirar los músculos, que la pelea todavía no termina. —Y sin dejar de reír ni de beber, les gritaba a quienes descansaban—: Disculpen, ¿saben dónde queda el palco 23-B? Estamos algo perdidos.

Benjamin y Cecil, detrás del sargento, avanzaban repartiendo disculpas a los soldados, que, como fantasmas, brotaban de la penumbra.

Jules About, al final de la fila, veía en todos los rostros el de Piper.

Cuando llegaron a la primera línea de defensa, se encontraron con una gran congregación de hombres que coreaban al unísono. Dadas las circunstancias, el villancico era más bien nostálgico y estaba provisto de una intensa solemnidad. La vibración del canto de los hombres en esa fría y húmeda Nochebuena hacía temblar entera la región de Ypres. Incluso el sargento Harold Thomas guardó entonces la compostura.

Allí la iluminación era mejor: una serie de lámparas de gas se extendían hasta donde llegaba la mirada. Hacia el final de la canción, Benjamin y Cecil se pararon junto a Jules y le pasaron un brazo sobre el hombro. De este modo, los tres comenzaron a balancearse despacio, como si no tuvieran otro remedio para seguir viviendo. Al término del villancico, explotaron los aplausos en la trinchera aliada, pero también del otro lado, a través de la tierra de nadie, en la trinchera alemana.

Por unos minutos gobernó el murmullo del aire. Jules no registró movimiento entre los hombres que se apretujaban en la zanja. Estaban en espera de algo. Algunos tenían heridas en el rostro y otros sufrían ataques de temblor, pero había vida en su mirada. A pesar del silencio sepulcral, Jules percibía varios sonidos.

El aleteo de las palomas.

El chirrido de las vías del tren.

El ajetreo de la fábrica de terciopelo.

Las melodías de su madre.

La campanilla del palomar.

El motor de los aviones.

Los remos en los canales del Somme.

El crepitar del laurel en llamas.

La colección de piedras de Piper.

La voz de Gin.

La risa de Gin.

Los gemidos de Gin.

De pronto, al otro lado del frente, las tropas alemanas comenzaron a cantar una lenta y adolorida canción. Algunos soldados británicos asomaron la mirada sobre el parapeto, pero la mayoría se quedaron petrificados, tratando de descifrar lo que escuchaban. Después de un tiempo, Jules se animó a echarle un vistazo al enemigo. Trepado sobre un escalón, se le reveló el espectáculo de un sinfín de luminarias que los alemanes habían dispuesto a lo largo de la línea de defensa.

En ese instante, Jules About, más solo que nunca, se echó a llorar.

Era 24 de diciembre de 1914.

Anochecía.

INTERMEDIO

—Aquí estamos.

—Sí, eso creo.

—Haciendo una transmisión desde las afueras de Ypres.

—Una transmisión insólita y se podría decir que humilde.

—Mi nombre es Benjamin.

—Y yo soy Cecil.

—Primero lo primero. Es 25 de diciembre de 1914 y hacemos esta insólita y humilde transmisión desde las trincheras del frente occidental de esta gran guerra.

—Por un lado, la transmisión es insólita porque, de hecho, la situación que nos tiene hoy en este sitio es insólita.

—Estás hablando del cese al fuego que hemos presenciado desde ayer.

—Por otro lado, la transmisión es humilde porque mi compañero Benjamin y yo somos conscientes de que es probable que nadie la escuche.

—Ni siquiera podemos asegurar que el equipo de radio está funcionando.

—Una transmisión insólita y humilde, como digo.

—Y necesaria, al menos en nuestra opinión.

—Alguien tiene que ponerle palabras a esto que ha sucedido.

—Y que sigue sucediendo, Cecil. El día de ayer, 24 de diciembre, como he dicho, se registró en esta área de las trincheras un cese al fuego. Estamos ubicados en el punto de defensa...

—Quizá sea preferible no especificar ese detalle, Benjamin. No queremos meter a nadie en problemas.

—Tienes razón, amigo.

—Más vale ser precavidos. Por lo que sabemos, el cese al fuego no ha sido autorizado por los altos mandos, sino que se trata más bien de un acuerdo informal entre las tropas de avanzada.

—Una tregua, sí. Se dice que todo comenzó con villancicos, en ambos lados de la tierra de nadie.

—Una cosa verdaderamente conmovedora.

—Y como todos estaban cantando, al parecer no se registró ningún disparo.

—Hacían turnos, las tropas. Nosotros cantábamos y ellos aplaudían.

—Y luego viceversa.

—Una cosa tan conmovedora que los soldados se olvidaron del frío.

—Hombre, qué frío, Cecil.

—Una calamidad, Benjamin.

—En fin, los ejércitos franquearon la difícil noche cantando, bebiendo y fumando.

—Bebiendo un poco, solamente.

—Hubo algunas excepciones, hay que decirlo.

—Ah, el sargen.

—Los ejércitos franquearon la noche con canciones, vino y cigarrillos. Era una noche difícil.

—En Navidad se extraña más a la familia, a los amigos, etcétera.

—Y a las amadas.

—Ah, viejo pillo.

—No entremos en ese callejón, Cecil.

—Si alguien está escuchando, debo compartirle una cosa.

—Cecil.

—Vamos, ¿qué más da? ¿Crees que alguien te va a juzgar?

—Cecil.

—Estamos al inicio del fin del mundo, no hay tiempo para juzgar estilos de vida.

—Cecil, déjame seguir con lo mío: pasó la noche y vino el amanecer, y con el amanecer, el silencio. Con el sol, la pestilencia de los cuerpos en la tierra de nadie se esparció por toda la zona.

—Cuerpos abandonados a cielo raso. Cuerpos de soldados mutilados, Benjamin.

—También había caballos.

—Y las aves y los roedores se daban un festín.

—Pero lo peor era la pestilencia, como decía. Así que alguien, no sabemos de qué bando, ondeó una bandera blanca y minutos más tarde dos comandantes cruzaron las alambradas y se encontraron en el medio.

—Los comandantes acordaron un cese al fuego para recoger a los caídos y darles sepultura.

—En ciertas partes el terreno era un lodazal y estaba repleto de cráteres causados por las explosiones.

—Alrededor de los cráteres, las cuadrillas de soldados encontraron extremidades sin dueño, muchas, y no hubo más remedio que cubrirlas con cal.

—Cosas de la guerra, Cecil.

—En efecto, amigo.

—Una vez que el trabajo quedó listo, las cuadrillas volvieron a sus respectivas trincheras y el tiempo pasó.

—Benjamin y yo, junto con el escuadrón al que pertenecemos, habíamos llegado la noche del 24, luego de un accidente.

—Un doloroso accidente.

—Ah, Piper.

—Pero no hablemos de eso, Cecil.

—Nuestra única intención al acercarnos a este puesto de defensa era escuchar un poco a los hombres que coreaban villancicos, canciones de guerra, etcétera.

—Pero la noche nos retuvo. Celebrando, se podría decir. De modo que hoy, antes del mediodía, buscamos al resto del escuadrón para volver a la retaguardia.

—Habla un poco sobre el escuadrón, Benjamin.

—Además de nosotros, está un muchacho, un francés muy especial. Un tipo fuerte e inteligente, al que le hemos tomado un gran afecto.

—También está el sargen, un hombre brillante, sin duda. Y también está, estaba, el buen Piper. Puedo decir su nombre, ¿no es verdad? Piper ha fallecido. Es, era...

—Vamos, hombre, componte. No puedes quebrarte a media transmisión.

—Lo lamento.

—Hoy, antes del mediodía, buscamos al resto del escuadrón para volver a la retaguardia. Jules estaba dormido en...

—Has dicho su nombre.

—Carajo, sí.

—Supongo que no es importante, Benjamin.

—En fin, lo despertamos y fuimos en busca del sargento.

—Jules se despabiló sin esfuerzo, como si en verdad estuviera fingiendo descansar.

—A esa hora la mayoría de los soldados dormían, escribían a casa, se curaban las heridas, ese tipo de cosas. Solo un manojo seguía, digamos, en espíritu de fiesta.

—Ah, el sargen.

—En una zanja secundaria, el sargento estaba tirado en el lodo, a punto de perder la consciencia. Nos sorprendió que no lo hubieran arrestado o algo similar, pero lo cierto es que, si omitías el vómito, daba la impresión de que dormía profundamente, balbuceando naderías, y que no había forma humana de...

—Benjamin, voy a interrumpirte justo aquí. ¿Estás viendo lo que está sucediendo?

—¿Han encontrado más extremidades?

—No lo creo, no.

—Pero qué diablos.

—Es una línea.

—¿Y un círculo?

—Sí. Un soldado alemán y uno británico están trazando figuras con cal sobre la tierra, la tierra de nadie.

—Carajo, Cecil. Están señalando un campo de fútbol.

—¿Ves eso que llevan? ¿Qué es?

—Eso, amigo, es una pelota.

—Vaya, Benjamin. Tienes razón.

—Creo que ha faltado especificar en esta transmisión la hora, Cecil. Son las 3.47 de la tarde, según mi reloj.

—Lo que quiere decir que unas cuantas yardas más allá, en las trincheras alemanas, son las 4.47. Así lo han impuesto los *boches*.

—Desde hace unas horas, una vez que las cuadrillas de soldados hubieron recogido y enterrado a los caídos, hemos sido testigos de una serie de fraternizaciones entre nuestras tropas y las enemigas.

—Ah, la paz.

—No, de ninguna manera.

—Era una expresión, Benjamin.

—Más que la paz, se ha tratado de ciertas cortesías, ciertos gestos de caballerosidad, asomos de humanidad.

—Yo lo llamaría protocolos de guerra.

—Fuimos testigos, por ejemplo, de cómo el enemigo arrojó hacia nuestro lado un periódico alemán.

—Y no hay que olvidar el mensaje que enviaron con el perro entrenado, Benjamin.

—Con estos gestos de cortesía se fue creando desde mediodía una misteriosa confianza, un convenio tácito, un silencioso cese al fuego.

—Una tregua.

—Y los hombres de un bando y del otro han salido de las trincheras, han cortado el alambre de espinos y se han estrechado la mano en tierra de nadie.

—Desde el lado alemán ha rodado un barril de cerveza. Y lo han compartido entre todos, allí, en pleno campo de batalla, como si estuvieran en el parque.

—Hemos visto a dos soldados enemigos perseguir una liebre.

—Ha habido también intercambios de botones, de fotografías y de navajas.

—En fin, una serie de fraternizaciones.

—Y el idioma no ha importado, Benjamin. A través de señas y de gestos, los soldados se han entendido, se han hecho reír, se han conocido.

—Por eso hemos decidido hacer esta transmisión, Cecil y yo.

—Una transmisión insólita y humilde.

—Aquí lo tenemos. Lo impensable. Un campo de fútbol entre las trincheras. Han terminado de trazar las líneas y las porterías.

—Buen sitio el que hemos elegido, Benjamin.

—Y allí tenemos a los soldados que quieren jugar, reunidos alrededor de los comandantes.

—Están acordando las reglas.

—Porque debe haber reglas, en la guerra y en el fútbol.

—En todo.

—Mira eso, Cecil, allí está Jules. Hemos establecido que podemos decir su nombre, ¿no es así?

—Por supuesto.

—Jules About, fabricante de terciopelo y criador de palomas, estirando los músculos.

—Debe haber más de veinte soldados de cada lado.

—Sí, no sé cómo lo solucionen. No pueden jugar todos a la vez.

—Debe haber reglas.

—Los comandantes se dan la mano y se separan.

—Va a comenzar, Benjamin. El juego va a comenzar.

—Los comandantes se dirigen hacia sus respectivos campos y llaman a sus hombres.

—Ahí va Jules. Espero que el terreno no dificulte las cosas.

—Vamos, Cecil, el fútbol se puede jugar en todos lados.

—Ojalá hayan recogido a todos los caídos.

—En las colinas, entre el lodo, bajo la lluvia. Se puede jugar como sea.

—Ojalá hayan apartado todas las extremidades.

—Sin zapatos, con resaca, incluso sin pelota. Como sea, te lo digo. Un día jugaremos en la luna, Cecil.

—He contado quince hombres de cada lado, Benjamin. Toman sus posiciones.

—El comandante británico se acerca a poner la pelota en el medio del campo.

—Qué linda pelota.

—Caray, cuánta solemnidad.

—Estoy nervioso.

—El comandante alemán ha sacado un silbato, Cecil.

—Esto comienza.

—Quince hombres contra quince. Franceses y británicos en contra de alemanes.

—Jules ha conseguido un puesto, Benjamin.

—Me da gusto verlo un poco mejor.

—Ah, Piper.

—Suena el silbato y el equipo alemán tiene la pelota.

—No entiendo cómo se puede jugar con los pies tan húmedos, en verdad. Y encima el frío.

—Es válido asumir que los soldados llevan días con los pies metidos en el barro. Eso habla de su determinación.

—Me da la impresión de que la pelota se desliza bien por el terreno, Benjamin.

—Qué porte el de aquel soldado. El rubio colosal.

—Ya.

—Cómo lleva el balón. Cielos, qué elegancia.

—Sí, bueno, se mueve bien por el campo. Buen trote.

—Por favor, Cecil. Te brillan los ojos.

—Benjamin.

—Deberías verte, soldado.

—Benjamin.

—Jules tiene la pelota.

—Qué velocidad.

—Míralo bailar. Uno, dos, se desprende de tres rivales y pasa la pelota.

—Alrededor del campo, el resto de las tropas miran el juego.

—El equipo aliado se acerca a la meta.

—Los comandantes circulan por las bandas, inquietos. Apuesto a que no tardan en gritar instrucciones.

—¡El disparo va directo a las manos del portero!

—Benjamin.

—Ahora ya saben de qué estamos hechos.

—Benjamin.

—Después de todo, nosotros hemos inventado el juego.

—Supongamos que alguien está escuchando la transmisión.

—De acuerdo.

—¿Qué deberíamos hacer ahora?

—¿A qué te refieres?

—Deberíamos describir lo que vemos, ¿cierto?

—Sí.

—Bien. Te lo pregunto porque estoy viendo algo muy singular.

—Jules y otros se han quitado el abrigo. Parece que esto va en serio.

—Benjamin, hacia allá, un soldado británico le está dando un corte de pelo a un alemán.

—Caray, es verdad.

—Ex-tra-or-di-na-rio.

—Quizá deberíamos ponernos en fila.

—Ah, la guerra.

—¡Uh! La primera falta del juego. Suena el silbato. Tremenda entrada del jugador británico. Ha mandado al atacante alemán fuera del campo.

—Te lo dije. Los comandantes han empezado a dar instrucciones.

—Se oyen aplausos. El británico ayuda a levantar al rival y se dan medio abrazo. El alemán se encuentra bien. Sonríe.

—Juego limpio. Protocolos de cortesía.

—El alemán se dispone a cobrar el disparo.

—Jules espera en el medio campo. Se desplaza lento, como si le pesaran los pies.

—El rubio colosal tiene la pelota. Qué porte, qué bárbaro. La pelota no se le desprende de los pies. Tiene la zancada de un gigante. Le llega uno, le llegan dos, pero el rubio los deja atrás. Se perfila para tirar y... el portero la desvía con la mirada.

—La pelota rueda casi hasta la alambrada. Cuidado ahí.

—Cabe destacar la estatura baja del portero aliado. Parece un niño obeso. ¿Cómo se le ha ocurrido al comandante alinearlo?

—A veces no se necesita un atleta, sino alguien con suerte, Benjamin.

—Ya veremos. Los británicos le ponen calma al asunto. Quieren dejar claro que la pelota es suya.

—Benjamin.

—Jules recibe la pelota, pero de inmediato se atasca en el lodo. Cae al suelo. Desde ahí defiende la posesión. La pelota regresa hacia la defensa británica.

—Benjamin.

—Cecil.

—Supongamos que alguien está escuchando la transmisión.

—De acuerdo.

—Me pregunto si es pertinente narrar el juego.

—No comprendo, Cecil.

—¿De qué le serviría a alguien escuchar la narración, acción por acción, de lo que sucede en el campo?

—Le serviría para ver con la mente lo que nosotros estamos viendo con los ojos. Escucha el juego por el radio, lejos de aquí, y es así como se entera de lo que sucede.

—De todos los posibles usos de la radio, jamás imaginé el deportivo.

—Es como en la guerra. Los de la vanguardia les avisan a los de la retaguardia qué está pasando, cómo van las cosas.

—Eso es distinto, Benjamin. En la guerra, al escuchar la narración de los hechos, los de la retaguardia entran en acción. Envían tropas, corrigen los disparos, dan órdenes.

—Ya veo.

—Ellos también juegan, por así decirlo.

—Remate de cabeza y... ¡el portero alemán se cuelga de la pelota!

—¿Tiene algún propósito narrar por radio que la pelota va de un lado a otro? En la mente del que escucha eso no tiene importancia. Solo imaginaría la pelota rebotando por las cuatro bandas del campo hasta oír que han marcado un gol.

—¿Qué estás diciendo entonces, Cecil? ¿Cerramos la boca hasta que se mueva el marcador?

—Cielos, no, Benjamin.

—Carajo, Cecil. Ha ocurrido una gran jugada, ¿la has visto? Otra vez estuvimos a punto de anotar un gol y ahora la jugada se ha perdido para siempre.

—Lo único que digo es que quizá deberíamos narrar otras cosas, además del movimiento de la pelota.

—Ahora viene el despeje largo del portero alemán. Tiene la puntería de un francotirador. La pelota le cae en el pecho al mediocampista, que la baja a sus pies. El único jugador que sobresale es el rubio colosal.

—Benjamin.

—Cecil.

—Supongamos que estuviéramos viendo una partida de ajedrez. Dame el gusto, un segundo.

—De acuerdo.

—Supongamos que estuviéramos viendo una partida de ajedrez y lo estamos narrando por radio.

—Bien.

—Habría que precisar cada uno de los movimientos, desde luego. Ya sabes. «Caballo C-3», etcétera. Pero esto solo le serviría a alguien que tuviera un tablero delante para replicar el juego o bien a alguien con una gran capacidad visual.

—Entiendo.

—Para hacerse una idea de cómo va la partida de ajedrez, el oyente común se limitaría a las piezas que cada jugador ha capturado. Esto, me parece, equivale a los goles de un partido de fútbol.

—¡La pelota estalla en la cara del niño obeso! Lo han fusilado, pero ha impedido la anotación. Perdón, continúa.

Te estaba escuchando, pero el niño obeso ha salvado la jugada. Un suertudo, tenías razón.

—Lo que digo es que, tanto para narrar fútbol o ajedrez, es excesivo señalar todos los movimientos. Creo que al oyente común le transmiten más sustancia otras cosas. El gesto del jugador ante el tablero, el modo en que está sentado. O bien, en el caso del fútbol, lo que sucede con el público, lo que hace el portero cuando la pelota está lejos, las condiciones climatológicas.

—Ya veo.

—Por eso he querido introducir lo que he visto antes. Lo del corte de pelo que...

—La pelota se va hasta las nubes y cae justo delante de Jules, que ha estado esperando, inmóvil, en el medio campo. Enciende el motor de las piernas y se encarrila hacia la puerta alemana. Es una flecha, una bala.

—Tremendo *sprint*.

—Jules amaga, vuelve a amagar y le rompe la cadera al último defensa. Ahora todo está entre el portero y Jules, que parecía tropezarse. El portero decide salir de su distrito. Está enfurecido, el alemán. Le grita al muchacho, le ladra. Jules va a disparar. Jules, Jules, Jules... Gol.

—¡Gol!

—¡Gol de Jules About! ¡Gol! ¡Jules About abre el marcador!

—Los soldados lo abrazan, lo cargan, lo despeinan, etcétera.

—Buen gol del muchacho, la gema de Amiens.

—El rubio colosal felicita a Jules por el gol. Mira eso.

—¿Puedes dejar de hablar por un minuto del rubio?

—Benjamin.

—Estoy bromeando, Cecil. Vamos.

—Suena el silbato. Parece que van a tomar un descanso.

—Así termina el primer tiempo de este juego, hoy, 25 de diciembre de 1914.

—En el frente occidental de la guerra.

—Jules About, jugador de fútbol. ¿Quién lo diría?

—Vaya manera de correr. Un relámpago.

—Los jugadores se reúnen alrededor de sus respectivos comandantes. Toman agua y se ponen de nuevo el abrigo. El frío aprieta.

—Una calamidad, Benjamin.

—El día de Navidad siempre es más frío, ¿no es así?

—No tarda en nevar, te lo aseguro.

—Una blanca Navidad.

—Mientras tanto, la fraternización entre las tropas continúa.

—¿Sabes, Cecil? Me pregunto si en otros sitios del frente está ocurriendo algo similar.

—No lo había pensado.

—O si es algo exclusivo de esta área.

—Espero que no, Benjamin. Ojalá haya cesado el fuego en todo el frente.

—Eso no le gustaría para nada al viejo Kitchener ni al viejo French ni al Káiser.

—Es fácil enojarse desde la comodidad de tu despacho, calentándote los pies frente al fuego.

—Tendremos que esperar para saber qué ha ocurrido en otros puestos, cómo han pasado la Navidad.

—Bueno, se han seguido oyendo algunos aviones.

—Es verdad.

—Ha transcurrido en un abrir y cerrar de ojos, Benjamin, la primera parte del partido.

—Yo he tenido la impresión de que ha durado horas, Cecil.

—Espero que la nieve aún tarde.

—Mira eso, qué maravilla.

—Qué bello gesto.

—Los jugadores se quitan el abrigo, vuelven al campo y realizan el estándar cambio de campo.

—Ahora los aliados juegan en la mitad más próxima a la trinchera alemana. Y viceversa.

—El comandante británico se acerca a poner la pelota en el medio del campo.

—El marcador es uno a cero a favor del equipo aliado.

—El comandante alemán hace sonar el silbato. Quince hombres de cada lado, dispuestos a jugar aun con este clima.

—Parece que el equipo alemán ha sustituido a dos jugadores, Benjamin. Es difícil saberlo. Todos visten el uniforme militar de reglamento.

—El equipo aliado se ha replegado un poco, acaso para defender la ventaja. Jules About, el anotador, se ha quedado casi solo detrás del medio campo. Mientras tanto, la formación alemana se ha vuelto más vertical.

—Una navaja.

—Los *boches* se hacen de inmediato con la pelota. Han comenzado la segunda mitad del partido haciendo muchos pases.

—Es como si no la quisieran tener, Benjamin.

—Todo lo contrario, Cecil. Para mantener la posesión, hay que deshacerse de la pelota.

—Se me olvidaba mencionar que hay un filósofo entre nosotros.

—La pelota llega hasta el portero alemán, que espera a que Jules About se acerque para tocar la pelota hacia la defensa.

—Qué velocidad la de Jules.

—Los alemanes juegan al pase corto, al pase geométrico, al pase calculado.

—Los aliados ya no recuerdan la textura de la pelota.

—Un mediocampista alemán se fuga por la banda. El rubio colosal la pide, se la entregan y avanza en la zona de peligro.

—Los alemanes tejen una fenomenal telaraña, juegan un juego de espejos, torean al rival.

—Nos tienen a todos moviendo el cuello de aquí para allá. No pierden la pelota.

—El comandante británico, fuera del campo, está buscando una pared para golpear. Que alguien lo tranquilice, por favor.

—El portero aliado se ha quedado solo. Se abalanza sobre los pies del atacante alemán, pero la pelota le pasa por encima de la cabeza y el rubio colosal la revienta.

—Gol.

—Gol, gol, gol.

—Cae el gol de Alemania y el partido se empata.

—Qué rápido ha sucedido, Cecil. Los alemanes han arrancado la segunda mitad con una determinación absoluta.

—No me sorprendería ahora si el comandante británico se quitara el abrigo y entrara al campo.

—Fue como si los alemanes se hubieran hecho de pronto de dos, tres, cinco hombres más. Estaban por todos lados.

—Benjamin.

—Los británicos tocan la pelota al centro del campo. ¿Qué quieres, Cecil?

—Es hora de hablar de otras cosas.

—Jules About ha despertado y abandona la posición de exilio en lo alto del campo.

—De hablar de otras cosas además del movimiento de la pelota.

—Muy bien, Cecil. Adelante. ¿De qué quieres hablar?

—De hecho, he estado mirando más allá del juego y los espectadores, y he seguido gozando el verdadero espectáculo, el espectáculo de la fraternización entre las tropas aliadas y las alemanas.

—Ah, Cecil.

—Sajones y anglosajones, reconociéndose instantáneamente en una tierra...

—Se está jugando un partido.

—Haciendo memoria de sus raíces en común.

—Un buen partido de fútbol.

—Muy bien, Benjamin. Déjame hacerte una pregunta.

—¡La pelota se estrella una vez más en la cara del portero británico!

—¿Has leído la *Ilíada*?

—Sí.

—Porque yo nunca he leído el libro, pero todo el mundo conoce su importancia.

—Todo el mundo occidental, correcto.

—Dime una cosa, Benjamin. ¿De qué se trata?

—¿Perdona?

—¿De qué va?

—Pero qué diablos.

—Sígueme el juego, vamos.

—La *Ilíada*, primero, es un poema, una epopeya sobre la guerra de Troya, naturalmente. Sobre la cólera de Aquiles, sobre el destino y la gloria de los héroes, sobre la intervención divina.

—Gracias. ¿Y recuerdas cuánta atención le dedica el autor a la descripción de las acciones bélicas?

—Bueno, me temo que bastante, Cecil. La *Ilíada* es una narración bélica.

—Me refiero en concreto a las acciones en el campo de batalla.

—Vamos, Cecil. No soy un experto. Mi especialidad, como sabes, es otra, es...

—Haz una estimación.

—Sé lo que estás haciendo. Me estás diciendo que la *Ilíada* está compuesta de otras cosas además de la guerra.

—A mi entender, algunos de los pasajes más notorios no ocurren en el campo de batalla, sino más bien alrededor.

—Ah, ¿sí?

—Como cuando el rey de Troya visita el campamento del enemigo. Pero, como he dicho, no la he leído jamás.

—¿Puedo continuar con lo mío?

—Si algún día salimos de esta guerra, voy a darme el tiempo para leer la *Ilíada*, ya verás.

—El equipo aliado ha sabido contener a los alemanes, que continúan con el juego de pases cortos. Ellos tienen la posesión, pero los aliados han dejado de correr detrás de la pelota y se han apegado a la formación que el comandante les ha impuesto.

—El punto es que hay que narrar más que la batalla en sí. Hay que incluir el ambiente en los campamentos de los ejércitos, las tradiciones y creencias de los combatientes, los amores inesperados, etcétera. De lo contrario, la historia se reduciría a un listado de movimientos, una cifra de muertos y un vencedor.

—¿Quién es el filósofo ahora, Cecil?

—Como en el ajedrez.

—Tú ganas, amigo.

—Y en el fútbol.

—Tienes la palabra.

—Creo que vale la pena interrumpir la descripción de los treinta soldados en el partido para hablar sobre aquellos que han seguido fraternizando por su cuenta, de modo discreto, más allá del campo.

—Hombres inmunes al encanto de la pelota.

—Sí.

—Pero que no desperdician la oportunidad para conocer al rival, hablar con él.

—Quienes me han saltado a la vista son los soldados con las bicicletas.

—Tienen su gracia, Cecil.

—Los soldados han conseguido dos bicicletas, una alemana y otra británica.

—Bicicletas de mensajero.

—Y se han puesto a competir los unos contra los otros.

—Han trazado la meta de salida y, algo así como cien yardas más allá, otra de llegada.

—Uno tras otro los soldados se montan en las bicicletas y pedalean con furia.

—A menudo se atascan en el lodo y tienen que salir adelante a fuerza de empellones y maldiciones.

—Es parte de la diversión, me figuro. Porque las risas estallan cada vez que se atascan. Pareciera que...

—Gol. Gol, gol, gol. Perdón. Los alemanes toman la delantera. Ha sido un gol maravilloso. El atacante ha hecho una especie de patada lateral en el aire.

—Como el movimiento de unas tijeras, Benjamin.

—Y ha salido un fogonazo hacia el rincón de la portería, donde el niño obeso no tuvo tiempo siquiera de mirar la pelota.

—Ex-tra-or-di-na-rio.

—Jules está yendo por la pelota, que ha ido a parar hasta la trinchera alemana. Míralo correr, Cecil.

—Un relámpago.

—Mientras tanto, el atacante alemán ha aterrizado en el suelo y sus compañeros lo envuelven en un abrazo grupal.

—Benjamin, mira a Jules.

—Pero ¿qué hace?

—Está observando.

—A unos pasos de la trinchera enemiga, Jules About se ha parado encima de unos sacos de arena. Lleva la pelota bajo un brazo y los jugadores lo comienzan a llamar, pero él tiene la mirada puesta en el horizonte al otro lado del frente.

—En el territorio ocupado.

—Los jugadores y los comandantes se están poniendo nerviosos.

—Me da la impresión de que en cualquier momento Jules va a saltar sobre la trinchera y va a echar a correr con ese magnífico furor suyo.

—¿Qué le sucede, Cecil?

—Está echándole un vistazo a eso por lo que peleamos.

—Puede ser.

—De aquel lado está su amada.

—Ya van por él dos soldados británicos.

—De aquel lado está buena parte de su cabeza.

—Los soldados le gritan a una corta distancia y Jules reacciona y les entrega la pelota.

—Qué raro suceso.

—Corre detrás de sus compañeros y reingresa al campo antes que ellos.

—El comandante británico lo llama y le da una fuerte palmada en la cabeza.

—La pelota es del equipo aliado. Al centro del campo, el juego se reanuda. El marcador es dos a uno, a favor de los alemanes, luego de la espléndida ejecución en el aire de uno de los atacantes.

—De otro mundo, Benjamin.

—Las cosas se complican para británicos y franceses. El juego del equipo aliado es de trazos largos, larguísimos, buscando sorprender al rival, pillarlo mal parado en el campo. Aquí un ejemplo, el defensa británico suelta un cañonazo hacia la delantera. El atacante británico recibe la pelota con la rodilla, la domina y ahora la envía hacia el otro...

—En fin, hablábamos sobre los soldados con las bicicletas, Benjamin.

—Amigo, tienes la palabra.

—Mientras han continuado los soldados compitiendo con las bicicletas, riendo cada vez que se atascan en el lodo, he pensado en lo retorcido que puede ser todo esto.

—¿Retorcido, dices?

—Desde el principio nos hemos dejado llevar por el pensamiento de que la fraternización de hoy es una señal esperanzadora, humana, etcétera.

—Continúa.

—Pero ahora, justo cuando Jules se ha detenido a mirar el territorio ocupado por el enemigo, he tenido el pensamiento de que quizá el insólito espectáculo que hemos presenciado hoy no sea tan hermoso después de todo.

—Explícate, por favor, Cecil. No estoy entendiendo.

—Quienes han intercambiado regalos, brindado, jugado al fútbol, etcétera, todos ellos se estarán matando entre sí mañana mismo, si no es antes.

—Ya.

—La mano que estreches hoy la vas a tener sobre el cuello mañana.

—Es verdad.

—Mira a esos hombres jugar al fútbol.

—Sí.

—Corren, se empujan, se tiran al suelo. Dentro de unas horas será lo mismo, pero en la guerra. Una ola de hombres atravesando la tierra de nadie para conquistar la trinchera vecina, abalanzándose sobre el enemigo como fieras, arrastrándose por el suelo para eludir los disparos.

—Como fieras, lo has dicho.

—¿No es más humano evitar cualquier tipo de fraternización?

—No lo sé, Cecil.

—Es solo una cosa que he pensado cuando Jules se quedó allí petrificado.

—Ahora no puedo sacudirme la idea de que estamos viendo jugar a un montón de fantasmas, que en tan solo un santiamén van a acribillarse.

—Entre los treinta jugadores, ¿cuántos crees que lleguen a la vejez y mueran tranquilamente?

—Carajo, Cecil.

—¿Cuántos van a sobrevivir a la guerra?

—¿Cuántos entre ellos llegarán con todas las extremidades?

—¿Cuántos se han despedido para siempre de sus padres?

—El cielo está oscureciendo.

—Será en parte por la hora y en parte por las nubes grises que se han estacionado sobre nosotros.

—Seguro que no tarda en nevar. Y tendremos una blanca Navidad.

—Los soldados con las bicicletas han concluido las carreras. Ahora fuman juntos, compartiendo el fuego.

—Un nuevo comienzo.

—Fuman y fuman, los soldados, todos, no solo los de las bicicletas.

—Sí, Cecil, fumar apacigua el frío y los nervios.

—Y si fuman, el silencio entre los soldados deja de ser incómodo.

—Narices rojas por todos lados.

—Ah, el frío.

—Mira eso, gol, Cecil.

—Sí, gol.

—Gol de los aliados. Dejémoslo así.

—Dos goles a dos.

—Sin descripciones, Cecil.

—De acuerdo.

—El partido se empata.

—Los equipos se han hecho el mismo daño, se podría decir.

—El mismo. Qué triste se ha puesto de pronto el juego.

—Lo que sucede es que ha comenzado a nevar. Fíjate bien. Es fina, pero hay nieve cayendo.

—Ya era hora.

—Nieve que cae sin ánimo.

—Vamos, Cecil. Habla de la nieve. Estoy cansado.

—La nieve es crujiente y constante y los jugadores no la advierten. Ellos están a lo suyo, sitúan la pelota en el centro del campo y se disponen a seguir haciéndose daño.

—La nieve, Cecil.

—La nieve que cae sobre nosotros va a hacer historia. Si mañana sale el sol, se va a derretir y se va a fundir con el lodo, ¡qué fea muerte!, pero va a hacer historia aun así porque en cien años se seguirá hablando de lo que sucede aquí. Tengo el presentimiento. Aunque todos los soldados nos matemos antes de que acabe la semana, la nieve que ha empezado a caer va a hacer historia. Es crujiente y constante y también eterna. Porque alguien ahora mismo la está describiendo en una carta, porque alguien la mira de lejos con unos binoculares y la graba en su mente, porque alguien ahora escucha esta humilde e insólita transmisión.

—Sí.

—Porque la manera en que se ha comportado en este sitio hoy la humanidad ha provocado que esta nieve sea histórica.

—Sí.

—Esta nieve crujiente y constante que mañana, si sale el sol, se va a derretir.

—Carajo, Cecil.
—Etcétera, etcétera, etcétera.
—Mira a Jules.
—Un relámpago.
—El comandante alemán tiene el silbato en la mano. Juega un poco con él.
—Está buscando el momento indicado para soplar.
—Silencio, Cecil, silencio.
—Ah, el silencio.
—...
—...
—Gol.
—Gol, gol, gol.
—Gol y suena el silbato. Ha terminado el partido de modo espectacular.
—¿No vamos a decir cómo ha sido el gol?
—No, Cecil.
—¿O por lo menos qué equipo ha ganado?
—No, Cecil, no lo diremos.
—Ya.
—Ha sido un gol emocionante, como todos. El anotador ha agradecido al cielo y ha abrazado a sus compañeros, como suele suceder. Los del equipo rival han agachado la cabeza, como siempre, y, como siempre, se han consolado entre sí. No importa quién es el vencedor.
—Los comandantes se encuentran en el medio del campo y se estrechan la mano. Se ven como dos osos, parados allí, bajo la nieve. No podemos oír lo que dicen, pero ya imagino sus nobles palabras.
—Los jugadores también se estrechan la mano.
—Algunos soldados que han visto el partido aplauden.
—Jules y el rubio colosal hablan un poco.
—Qué gran partido de Jules, qué gran partido del rubio.

—Los jugadores se ponen los abrigos y se dirigen de vuelta a su trinchera.

—Los comandantes se despiden.

—Las tropas regresan a sus defensas.

—Y en el camino vuelven a acomodar el alambre de espinos en su lugar.

—Han fraternizado con el enemigo y ahora tienen que olvidar que lo han hecho.

—Olvidarlo todo.

—Cecil, han pasado cinco meses desde el inicio de la guerra, cinco meses desde que me fui de casa.

—Cinco, correcto.

—Siento que ha pasado un siglo.

—Ah, el tiempo.

—¿No te sientes de la misma manera?

—Para mí, estos cinco meses no han sido más que un chasquido.

—Sigue nevando, Cecil. Espero que lo que resta de la guerra ocurra así, como un chasquido.

—Me temo que el tiempo se va a dilatar, amigo.

—Me gustaría permanecer sentado aquí y describir durante horas la nieve.

—Pero tenemos que irnos.

—Los villancicos, la cerveza, el perro mensajero.

—La bandera blanca, el intercambio de botones, las fotografías, etcétera.

—Yo soy Benjamin.

—Y yo soy Cecil.

—Es 25 de diciembre y son alrededor de las cinco de la tarde.

—Desde un punto de defensa británico, en el área de Ypres, decimos adiós.

SEGUNDA PARTE

1915 - 1918

57

Eran las nueve de la mañana y el primer sol del año despuntaba más allá de la nubosidad de Amiens. Jules About remaba de vuelta al islote familiar. Por la madrugada había salido de casa y había visitado el castaño de sus recuerdos, río arriba. Aunque había regresado del frente dos días atrás, había aplazado la visita al árbol para el primero de enero: aquello le daba un aire ritualista que le agradaba. Sentado bajo el espléndido castaño y embutido en varias capas de ropa, Jules se dejó embrujar por los ruidos florecientes del campo. Solo en ese momento se olvidó de la guerra. Ya de regreso, el viento frío de la madrugada se había atenuado, y ahora Jules tenía que soltar un remo cada tanto y limpiarse el sudor de la frente con el brazo.

La vida de 1915 había comenzado.

Cuando amarró el bote en el muelle del islote, algunos rayos de sol ya se habían abierto paso por entre la nubosidad y caían hasta la tierra. Al entrar a casa, Jules encontró a sus tías en la sala de estar, tomando té a oscuras, y se sentó con ellas.

—Jules —dijo Angèle—. ¿Qué tal el mundo allá fuera?

Veinte palomas volteadoras se movían libres por la estancia, picando el polvo del suelo.

—Limpio —dijo Jules—. Hermoso y limpio.

Desde septiembre, mientras los About habían estado en la guerra, la casa se había vuelto una zona de desgobierno. En la cocina, los enseres habían cambiado de lugar al azar y una indeleble viscosidad se había extendido por las superficies. El aire de los pasillos se sentía viejo y pesado, como el de un barco a la deriva, y de tanto cubrir el sol con las cortinas el ambiente se había trastocado desde la raíz: dentro el invierno era más duro todavía.

—Sí —dijo Angèle, detrás de su taza de té—, allá fuera todo es muy extraño.

Pero el colmo del caos doméstico era el palomar, que, en las manos de las viudas, había sufrido una reforma absoluta. Maurice y Jules lo habían advertido a su llegada, apenas pusieron un pie en el islote: el zureo de las palomas venía desde el interior de la casa. Al entrar, se paralizaron con la estampa de las cincuenta palomas que habitaban con naturalidad el espacio. Algunas plumas volaban y el suelo estaba cubierto de porquería.

En la mañana del primero de enero, en la sala de estar, Thérèse de pronto fijó la mirada en Jules, que, a su vez, observaba a las palomas volteadoras que merodeaban alrededor. Él mismo, años atrás, las había hecho traer desde tierras lejanas y las había criado con una paciencia religiosa; ahora se paseaban, emancipadas y sin nombre, por la sala. Con frecuencia una paloma daba una voltereta hacia atrás y continuaba caminando sin rumbo.

—Te molesta, ¿no es verdad? —le preguntó Thérèse a Jules después de un tiempo—. Te molesta que las tengamos aquí.

—Me molesta un poco, sí.

—Que no hayamos seguido con los entrenamientos.

—Es una cuestión de refinamiento artístico —dijo Jules—. Míralas dar esas vueltas en el suelo.

—Es gracioso.

—No tiene comparación con las danzas que realizan en el aire.

Angèle defendió que hubieran abandonado los entrenamientos.

—No fue una cosa de desatención, querido —dijo—. Como ves, todo el tiempo estamos con ellas. Simplemente quisimos implementar nuestras propias disciplinas.

—Tú y tu padre tienen su forma de ver a las palomas —dijo Thérèse.

—Y nosotras tenemos la nuestra —agregó Angèle.

Enseguida las viudas le pidieron a su sobrino que les permitiera mostrarle lo que estaban diciendo. Jules accedió y ellas de inmediato encendieron un par de velas. Angèle cogió una paloma del suelo y la posó con brusquedad sobre la mesa. A un lado, Thérèse tronó los dedos y con el índice comenzó a acariciar la mesa trazando caracoles invisibles. Sometida, la paloma siguió con la mirada el desplazamiento del dedo de Thérèse. Poco a poco, Angèle la fue liberando, hasta que la soltó por completo y levantó las manos. El ave permaneció posada en la mesa, petrificada.

—Interesante —dijo Jules.

—Espera —dijo Thérèse y retiró el índice de la mesa y levantó también las manos.

La paloma, aletargada, no movió una sola pluma.

—Carajo —dijo Jules—, es fascinante.

—Tú y tu padre tienen su forma de ver a las palomas —dijo una viuda.

—Y nosotras tenemos la nuestra —dijo la otra.

Más tarde, tras varias pruebas de hipnotización con las palomas, Jules se levantó de la sala dispuesto a estrenar un capítulo de su estudio científico.

58

Maurice había experimentado una súbita ansia de protestar contra el caos doméstico que las viudas habían acarreado a la casa, pero en cuanto miró a su mujer, sonriente, joven, envuelta en el brillo de la maternidad, se le pasó la efervescencia. Con el semblante con que lo recibió, vestida de blanco y el pelo recogido, Claire poseía un dominio absoluto sobre su marido. Aquel día de bienvenida, antes de poder siquiera pronunciar un saludo, las viudas y Jules observaron el modo en que Maurice se arrodilló sobre la suciedad del suelo y le besó sin reparos el vientre a Claire.

Otra razón por la que Maurice no protestó fue porque el desgobierno de las viudas había respetado la biblioteca y su dormitorio, espacios que, después de tres meses fuera de casa, concibió como auténticos refugios. Allí ni el polvo ni las aves ni la adivinación habían tenido cabida, y los objetos seguían en su lugar. En la biblioteca, con los libros, Maurice se olvidó de la actualidad leyendo en voz alta, interpretando pasajes en soledad. En su habitación, con su mujer, se acordó de la dicha del tacto en silencio, desenmascarando deseos en compañía. Ambos refugios fueron tan reconstituyentes que el tercer día del nuevo año Maurice le confesó a su hijo:

—Estoy listo para otros tres meses de guerra.

La huerta del islote también se había salvado del caos. Claire se había empeñado en conservar a los trabajadores, así como en realizar la venta de las cosechas. Más que por el bien de las finanzas, lo hacía por la creencia de que, ahora que Europa se cubría con el gris de la guerra, no dejar morir el verdor del islote era un modo de resistencia; además, caminar por entre las peras y los rábanos, las alcachofas y las zanahorias, era uno de sus recreos preferidos, si no el que más. Por las mañanas y las tardes, bajo la lluvia o el sol, Claire abandonaba la casa y se internaba en la huerta, cantando las canciones que le salían del alma. Cuanto más le crecía el vientre, más tierna se volvía la escena.

Otra sorpresa con que se encontraron Jules y su padre en Amiens fue la de que Claire había perdido el hábito de escuchar las adivinaciones de las viudas. Era inexplicable: en tan solo unos meses, había pasado de consultar las cartas y el laurel tres veces al día a caminar de largo por la sala siempre que las viudas la invitaban a sentarse. Jules y su padre recibieron la novedad con entusiasmo, aunque advirtieron que, a cambio de la fe en las artes adivinatorias, Claire se había vuelto mucho más ensimismada. Prueba de ello fue la respuesta que le dio a Jules cuando este le preguntó cómo había permitido que el caos de Angèle y Thérèse hubiera asediado la casa y el palomar.

—¿Caos? —dijo Claire—. ¿Cuál caos?

Al principio Jules creyó que estaba fingiendo, pero pudo leer en el rostro de su madre que en verdad no estaba al tanto de la circunstancia.

Las viudas no pudieron ofrecer una aclaración satisfactoria sobre la enajenación de Claire.

—Así se comportaba en la infancia —se limitaron a decir.

Maurice no se preocupó demasiado porque en la intimidad del dormitorio Claire era la de siempre; lo había recibido del mismo modo en que solía hacerlo años atrás, cuando él volvía a casa tras una frenética temporada de trabajo.

Jules tomó el asunto con mayor escepticismo y comenzó a observar a su madre desde la distancia; para llevar un mejor control, incluso tomó algunas notas. De este modo se dio cuenta de que Claire hablaba sola. A murmullos, escondiéndolo de los demás, la embarazada, más que pronunciar sus pensamientos, mantenía un diálogo constante con un interlocutor invisible.

—Estoy hablando con mi hija —se justificó, tocándose el vientre, cuando Jules la abordó—. Puedo oírla perfectamente. Tiene la voz de mi abuela.

59

Tras cuatro meses de ocupación enemiga, la ciudad de Cambrai había amanecido en 1915 para atestiguar la consolidación de los alemanes en el poder. La serie de medidas que habían instaurado continuaba rigiendo a una población cada vez más afectada por las penurias de la guerra. Las calles de la ciudad adquirieron cierta opacidad de miseria. Había hambre, había miedo, había violencia. De modo sigiloso, la prostitución, el contrabando y el robo se propagaron por la región. La creación de un submundo se había cumplido en los cuatro meses de la invasión.

Gin advertía el cambio en las calles. Evitaba ciertos rumbos y reducía los horarios de sus salidas. Prisionera en su propia ciudad, tenía la sensación de que también ella peleaba una guerra. Además de los invasores, había que tener cuidado con los locales, que empezaban a actuar con desesperación. Cada vez resonaban con mayor frecuencia casos de hurtos, violaciones y desapariciones. La de Gin, como la de tantos otros habitantes, era una guerra de sobrevivencia.

La rutina se volvía más difícil porque, de igual modo, Gin vivía como prisionera en su propia casa, que más bien se había convertido en la de Helmut Frank. Para entonces ella se había acostumbrado al dogma cotidiano de evitar al comandante a toda costa. En las mañanas Gin no se asomaba por los pasillos hasta que él se hubiera marchado a sus labores en el Ayuntamiento. Aprovechaba el tiempo para leer a su antojo y moverse con libertad por la casa. Más tarde, minutos antes de que el comandante volviera para almorzar, Gin salía a las calles para despejarse la mente, saludar a sus amistades y enterarse de las novedades de la guerra. A eso de las cinco, hora en que Helmut Frank se levantaba de la siesta y se marchaba por segunda vez, la chica retornaba a casa, cansada, hambrienta, ansiosa por cenar con sus padres y encerrarse en la antigua bodega de telas, que ahora se había convertido en su habitación.

A la luz de las velas, hasta que el sueño la fulminara, todas las noches Gin trabajaba en la escritura de una novela de aventuras. Lo hacía a lápiz, en un gran cuaderno forrado en piel, y a menudo, al terminar la redacción de una página, rompía la hoja y la volvía a componer. En las mejores noches completaba tres páginas; en las peores, una frase. Si la vacilación era exagerada, Gin abandonaba la ficción y se ocupaba en los ejercicios de descripción.

Telas, eso era lo que describía.

Después de uno o dos de estos ejercicios el lápiz se sentía más ligero, menos comprometido, y así podía retomar la novela de aventuras.

Solo ella sabía que las descripciones eran una suerte de cartas cifradas.

Cartas para Jules.

Gin tenía dieciséis años.

60

Un día Maurice y Jules visitaron la fábrica de terciopelo, que seguía cerrada.

—Siento que han pasado años —dijo Jules apenas ingresaron.

Bajo una película de polvo, todo estaba en su lugar.

—Hasta ahora entiendo cuánto extrañaba estar aquí —dijo Maurice aspirando a fondo.

Recorrieron la fábrica: el área de máquinas, las oficinas y el comedor. El ambiente era frío e inodoro. Maurice no dio un paso sin acariciar lo que tuviera al alcance de la mano: los muros, los instrumentos, los retales, las sillas y las mesas.

—Heredé la fábrica a los quince años —dijo una vez que se hubieron asomado a cada una de las áreas—. De un día para otro, tuve que dar un paso al frente y aprender el oficio. Hacer cuentas, tratar con trabajadores, asegurar las ventas. Ya te imaginarás. No fue fácil, hijo.

Jules sintió un repentino aprecio por todo lo que su padre había acariciado en el recorrido, como si con el tacto hubiera dignificado las cosas. Deseó en ese momento llevarse lo que pudiera y salvaguardarlo de algún modo. Pensó en los edificios caídos, en llamas y allanados que había visto en la guerra.

—Como sabes —continuó Maurice—, hay temporadas en que nada me emociona más que ver las máquinas trabajar al máximo. Hay algo en el ritmo de la producción que me place. Es similar a cuando es tiempo de cosecha en la huerta. Luego me hastío y no quiero saber nada y me marcho de aquí. Casi siempre es porque recuerdo que este destino no fue de mi elección, sino que lo heredé como el apellido.

Antes de marcharse, Maurice y Jules sacudieron un par de piezas de terciopelo. El restallido del latigazo de la tela en el aire era uno de los preferidos de Jules.

—Suena como el aleteo de las palomas —dijo.

Jules habló entonces de lo similares que le parecían las operaciones de la fábrica y de los palomares. No era un pensamiento nuevo por completo, pero lo había entendido mejor en los últimos meses.

—En las jaulas ahora veo engranajes y palancas, papá, y oigo chirridos metálicos. Y aquí veo plumas que flotan y semillas en el suelo y percibo el arrullo. Son operaciones honradas, son lugares sagrados.

Padre e hijo salieron de la fábrica. Tras ellos, la puerta retumbó con dramatismo.

No sabían cuándo volverían.

No sabían qué pasaría con el negocio.

No sabían nada.

61

En la segunda semana de enero llegaron dos cartas al islote About, una para Maurice y la otra para Jules. Padre e hijo las leyeron juntos en la biblioteca.

La que estaba dirigida a Maurice la había escrito el comandante Labbé, apostado en el cuartel Friant de Amiens. Tenía una nueva misión para él, decía. «Una misión que quizá le interese porque le permitirá pasar un tiempo en casa». Al tanto de que Maurice se hallaba en la ciudad, Labbé le solicitaba tener una entrevista a la brevedad en el cuartel.

Durante ese encuentro posterior, al que Maurice asistió acompañado de Jules, Labbé habló sobre un arte militar en desarrollo: el camuflaje. El Ejército francés, bajo órdenes directas del comandante en jefe Joffre, estaba formando una sección especializada en habilidades de ocultamiento militar, cuyo valor en el frente occidental sería incalculable.

—El encargo es hacer invisible al ojo humano tanto las armas como las tropas —dijo Labbé—. Una misión extravagante pero asequible, se lo aseguro, señores. Incluso se contempla camuflar barcos, aviones y trenes.

La nueva sección estaba compuesta, en su mayoría, por renombrados pintores que ya trabajaban en el diseño de patrones de disimulo. Lo que ahora requería el Ejército francés era fabricantes textiles que colaboraran hombro con hombro con los artistas en la producción de los materiales: lienzos, lonas y redes, había que agotar las opciones para el resguardo de armas y soldados.

—Entre otros sitios, la sección de camuflaje va a instalar un taller aquí, en Amiens, y naturalmente he pensado en usted, señor About —dijo Labbé y se hizo un pequeño silencio. Enseguida corrigió—: En ustedes.

Asombrados por la sofisticación de la guerra, la Gran Guerra, Maurice y Jules se despidieron del comandante con la promesa de darle una respuesta en pocos días.

La segunda carta que llegó al islote familiar a lo largo de la segunda semana de enero la había escrito el teniente Alec Waley desde el servicio de palomas británico en Saint-Omer. Mecanografiada y con el sello oficial de la sección, estaba dirigida a Jules, aunque de paso saludaba a Maurice.

«Me temo que te escribo con una desafortunada noticia, muchacho —decía—. Se trata del sargento Harold Thomas, que, como sabrás, se ha visto envuelto en una serie de problemas disciplinarios a consecuencia de sus hábitos etílicos. Hace unos días el tribunal que llevaba el caso ha dictaminado su destitución inmediata como sargento de la Fuerza Expedicionaria Británica. Esta información me ha llegado en un comunicado directo del cuerpo de Inteligencia. En relación con el escuadrón que comandaba Harold Thomas y al cual pertenecías, me han informado que su desmantelamiento es inminente. Incluso es probable que para cuando leas estas líneas este se haya consumado, así que no queda nada por hacer. Tus credenciales militares han vuelto a mis manos, al servicio de palomas. En cuanto te sientas listo, y si es que sigues convencido de tu papel en la guerra, te espero en el campamento de Saint-Omer. Vienen semanas laboriosas con la mudanza a Hazebrouck».

Dentro del sobre, en un pedazo de papel, el teniente Waley había escrito, a mano, un segundo mensaje. «Jules

—decía—: Si de algo te sirve, he logrado averiguar, por medios no oficiales, la suerte de Harold Thomas. Te comparto que ha sido degradado a soldado y ha sido enviado a la primera línea de batalla. Sobre el resto del escuadrón no sé nada».

Maurice y Jules aún gozaban de la vida inmóvil del islote familiar, pero la urgencia de la guerra estaba yendo tras ellos.

62

Antes del amanecer un ruido incesante en el pasillo despertó a Jules. Se trataba de una de las palomas volteadoras que habitaban ahora en la casa; el ave había anidado frente al dormitorio de Jules y estaba obstinada en perforar la puerta a picotazos. Sin sacudirse del todo el sopor del sueño y entre las tinieblas de esa hora perdida, Jules recogió a la paloma del suelo, le hizo mimos como a un gato y luego la arrojó al aire, en dirección de la sala de estar. Se disponía a volver a la cama, pero antes de cerrar la puerta de su dormitorio presintió algo en el aire, un aroma fresco, y entonces, conjurado, avanzó por el pasillo. En la cocina descubrió que alguien había salido a la huerta.

Una vez abrigado y calzado, Jules abandonó la casa y se incorporó a la oscuridad de la madrugada. El tenue resplandor de la luna le reveló entre la vegetación de la huerta la silueta de Claire.

—Jules.

—Madre.

Los pies desnudos, el pelo suelto, los labios violáceos, lo único que ella llevaba encima era un camisón blanco y ligero, que ondeaba con el suave viento atemporal de aquel momento.

—¿Qué haces aquí, hijo?

—Me he despertado con el ruido de una paloma.

—Te ha llamado para que vinieras a ver a tu madre.

—Puede ser.

Al hablar, una nube de vaho salía de sus bocas y se elevaba un poco antes de desaparecer en silencio. En el cielo todavía brillaban las estrellas.

—¿Tú qué haces aquí, mamá?

—Me ha despertado ella —dijo y se acarició el vientre—, tu hermana. Le encanta el aroma húmedo de la huerta.

—Suenas muy convencida de que viene en camino una niña.

—No tengo ninguna duda.

—Eso es imposible de saber, mamá.

—Jules, hablo con ella, escucho su voz.

—Espero que no te decepciones.

—Su voz, hijo, todo el tiempo.

—Lo sé.

Caminaron juntos por la huerta. El sonido del río Somme era similar al bisbiseo de los receptores de radio.

—Cuántos aromas se perciben aquí —dijo Jules.

—En la oscuridad se aprecian mejor —dijo Claire.

Cuando se cansaron de andar, se acercaron al palomar y oyeron los arrullos sonámbulos de las aves.

—Sé que no me crees, Jules, pero es verdad —dijo Claire abrazándose el vientre—. Puedo escuchar a mi hija. Tiene la voz de mi abuela.

—Mamá.

—Me he despertado en el medio de la noche porque he oído su voz.

—Mamá.

—¿Y sabes qué me ha dicho?

—Mamá.

—Me ha dicho su nombre. Me ha dicho su nombre, Jules. ¿Lo quieres escuchar? Hoy he conocido el nombre de mi hija, de tu hermana, ella me lo ha hecho saber. Sé que no me crees,

Jules, pero es verdad. Sé que no me crees, pero no me importa. Quiero que lo escuches, quiero que seas el primero en oírlo.

—Volvamos a casa.

Claire le tomó una mano a Jules, lo miró con una sonrisa y dijo:

—Adèle.

—¿Adèle?

—Adèle.

Jules pasó un brazo sobre el hombro de Claire y la enfiló hacia la casa.

—Vamos —dijo—. Volvamos adentro. El frío está empeorando.

—¿Frío? —dijo Claire, y miró alrededor—. ¿Cuál frío?

Las palomas, en la gran jaula, hacían arrullos mientras dormían.

63

Desde que habían recibido en casa a Helmut Frank y a su secretario, el cabo Kurt Fischer, los Laval habían sido objeto de cierto repudio social. Algunos vecinos les negaban el saludo, algunas amistades marcaban una distancia, algunos familiares les reprochaban sus decisiones.

Aunque Gin oía los murmullos por las calles, no se resignaba nunca a bajar la mirada. A ella le gustaba su apellido y confiaba en el corazón de sus padres, Charles y France. Sin embargo, en el arranque de 1915 la administración militar en Cambrai adquirió una severidad excesiva, y el repudio hacia quienes colaboraban con el invasor se robusteció. Era patente: cada vez que se desplegaba una nueva medida en el tablón de la plaza, algunas personas se instalaban fuera de la casa de los Laval y esperaban a que apareciera alguno de ellos para infamarlo. Por lo regular Gin gozaba de un fuero con los agresores, pero la hería lo mismo saber que, cuando salieran a la calle, sus padres se enfrentarían a una lluvia de improperios.

Con la asistencia del comandante Helmut Frank, la administración alemana había exprimido las finanzas del municipio de Cambrai.

Habían encarcelado a quienes protestaban.

Habían realizado deportaciones.

Obligaban a la ciudadanía a hospedar y alimentar a las tropas que iban de camino al frente.

Habían constituido su propia policía.

Habían requisado oro y plata, y habían creado un nuevo papel moneda.

En casa, los Laval también habían atestiguado la severidad del invasor. Helmut Frank deambulaba por los pasillos y verificaba a conciencia la limpieza de cada rincón: pasaba la mano por las repisas más altas, movía muebles, abría cajones. Con la familiaridad cosechada con los meses, el comandante seguía dando órdenes específicas sobre el modo en que le gustaban las cosas: la sazón, la ropa, la decoración. No halló resistencia alguna por parte de los Laval; mientras que France se encargaba de atender las minucias de sus exigencias, Charles, impotente, observaba en silencio y a la distancia, y Gin, por su lado, continuaba viviendo bajo el dogma de la evasión. Pero a cambio de tal fastidio y esfuerzo, las penurias de la guerra no se habían conocido en la casa familiar: la despensa estaba bien surtida y con frecuencia llegaban artículos de lujo reservados para los oficiales.

La aparente armonía doméstica se rompió a mediados de enero. Varias fábricas textiles del norte de Francia habían dejado de trabajar y los alemanes estaban teniendo problemas para conseguir sacos de arena. Los obreros franceses se habían enterado de que los alemanes les mentían: los sacos que confeccionaban no se estaban utilizando para el resguardo de edificios y monumentos, sino que eran destinados para defender las trincheras. Mientras las autoridades militares mediaban con los dueños de las fábricas y los líderes obreros, en el frente las tropas alemanas comenzaban a sufrir las consecuencias. Fue así como Helmut Frank tuvo la idea de proponerle a su anfitrión, Charles Laval, que interviniera en el asunto y confeccionara, con las existencias de su tienda, medio millar de sacos.

—No —le respondió Charles por primera vez.

Estaban en la sala grande de la casa. El comandante le había servido un trago.

—¿Perdón? —dijo Helmut Frank.

—No lo haré —ratificó Charles y, sin haber bebido una gota, alejó el vaso que le había ofrecido.

Helmut Frank asintió con la cabeza, y una pequeña sonrisa se le asomó por las comisuras de la boca.

—Piénselo unos días, amigo —dijo.

—De ningún modo, señor —dijo Charles.

Helmut Frank tomó el vaso que el otro había rechazado y bebió de un trago el contenido.

—¡Ah! —expresó con gusto y sonrió con la boca entera—. Muy bien, amigo, estamos entendidos. Piénselo unos días.

Charles iba a protestar, pero el comandante alzó una mano en el aire y agregó:

—Piénselo unos días en prisión.

64

A su regreso de la guerra, Maurice y Jules retomaron el control del palomar, a excepción de las palomas volteadoras con que las viudas se habían encaprichado en tener dentro de la casa. A mitad de enero, padre e hijo habían terminado de reinstaurar la disciplina de los entrenamientos. La alimentación, los vuelos, la limpieza..., el palomar retoñó con la gloria pasada. La naturalidad con que las aves prosiguieron con el adiestramiento reforzó la conjetura de Jules de que poseían una prodigiosa facultad de memoria. A pesar de que no habían sido liberadas durante meses, tanto las palomas mensajeras como las de alto vuelo no demostraron una sola contrariedad para levantar el vuelo y cumplir con los ejercicios.

—Es como si las hubiéramos dejado ayer —dijo Jules.

Pero Angèle y Thérèse reclamaban como suya la maravilla:

—Eso nos lo pueden agradecer a nosotras —dijeron—. Hace meses que nos encargamos de suprimir el tiempo entre las rejas de las jaulas.

Una tarde de entrenamientos, con la mirada puesta en el cielo, Maurice le comentó a Jules:

—Me duele tener que dejar el palomar en las manos de tus tías.

—Sí —respondió Jules—, a mí también.

Sobre sus cabezas, bañadas en la luz anaranjada del agónico sol, las palomas de alto vuelo se perseguían las unas a las otras en círculos, incansables.

—He pensado en la propuesta de Labbé —dijo Maurice—. Engañar al ojo humano.

—Una locura, el camuflaje.

El remolino de palomas a veces se hacía grande y la velocidad de vuelo parecía disminuir.

—He soñado las pasadas noches con la fábrica de terciopelo. Las puertas abiertas de nuevo, las máquinas trabajando, la gente tomando el almuerzo.

—Ya.

—Imagina un terciopelo como la piel de una cebra, como los troncos de un bosque, como el azul del horizonte.

—Sí, papá.

Otras veces el remolino de palomas se comprimía y la velocidad de vuelo parecía aumentar.

—Yo he pensado en la mudanza a Hazebrouck del servicio de palomas —dijo Jules.

—Mucho ajetreo, desde luego —dijo Maurice.

—La cercanía con el frente va a agilizar mucho las cosas. El reparto en motocicleta, el vuelo de las aves, la transmisión de mensajes al cuartel.

—Sí, hijo.

—Eso sin mencionar la oportunidad de organizar desde cero las jaulas y la nomenclatura.

Cuando el sol enrojeció y sonaron las campanas de las cinco de la tarde, Jules hizo sonar la lata con semillas y las palomas descendieron poco a poco, como llovizna.

—Diez horas de vuelo —dijo Jules.

—Nada mal —dijo Maurice.

Luego de alimentarlas y darles de beber, los About introdujeron a las palomas en la gran jaula.

—Creo que me gustaría aceptar la misión de Labbé —dijo Maurice.

—Y a mí, ayudar al teniente Waley con la mudanza —dijo Jules.

Los últimos rayos del sol suscitaban el arrullo incontrolable de las palomas.

—Quiero volver a la fábrica —dijo Maurice—. Quiero estar con tu madre. Quiero cuidar el palomar.

—Sí, papá.

—Imagina un terciopelo pardo, como el barro de las trincheras.

—Una locura, el camuflaje.

65

Jules About decidió que volvería a Saint-Omer a finales de enero, de modo que pudiera pasar su cumpleaños en el campamento. Para esa fecha no le apetecía ningún tipo de celebración ni compañía. Prefería imaginarse a bordo de la motocicleta recorriendo los puestos de defensa del frente.

Aprovechó los últimos días en el islote para leer de principio a fin el manual de la paloma en la guerra. El documento estaba compuesto por anotaciones a mano y a máquina y por papeles de distinto tamaño y textura. Jules consideró estandarizar el formato en una nueva transcripción, pero lo sedujo más la idea de continuar de esa forma hasta la conclusión del manual. Creía que así habían trabajado los naturalistas de antaño a los que admiraba: manteniendo al límite el caos. El documento era un atado de hojarasca, un objeto robado de la naturaleza, un compendio de cortezas finas.

Una vez que anunció que volvería al servicio, Jules redobló el ánimo con que remaba por el Somme, y el dolor muscular no tardó en convertirse en un auténtico suplicio. Pero solo así, llevando el cuerpo al extremo, lograba serenar sus pensamientos, y en vísperas del retorno a la vida militar una cabeza bien ventilada representaba una coraza infalible. A todas horas del día, siempre que tenía un rato que llenar, Jules About se montaba en el bote y remaba sin rumbo, como quien sale a estirar las piernas.

Entre más se acercaba el día de su partida, más periódicas se volvían las visitas al castaño, río arriba. Las ramas habían quedado desnudas ante el invierno, y una capa de escarcha las cubría por las mañanas. La postal del árbol podía llegar a ser demasiado nostálgica en ciertos momentos del día, por lo que Jules se propuso la tarea de apilar piedras a la redonda. Antes de partir consiguió levantar dieciocho columnas, una por cada año de su vida.

66

Al cabo de veinte días a pan y agua, Charles Laval volvió a casa con el rostro chupado y abatido. Helmut Frank permitió que France y Gin lo saludaran, pero en cuanto los abrazos comenzaron a extenderse los invitó a pasar a la sala grande y acomodarse. El cabo Kurt Fischer, secretario del comandante, estaba presente y también tomó asiento en la sala.

—Me da gusto verlo de vuelta, amigo Charles —dijo Helmut Frank.

Daba la impresión de que Charles había sobrevivido a un naufragio, pero los ojos los tenía relucientes. Gin se sentó a un lado de él y France al otro.

—La prisión puede ser dura, muy dura —prosiguió el comandante—, pero algo es incuestionable: se piensa bien allí dentro. La prisión ocasiona que hasta la persona menos meditabunda hable con su alma. ¿O me equivoco, señor Laval?

Charles no respondió. Con una mano sujetaba la mano de Gin y con la otra la de France. Helmut Frank sirvió un trago y se lo ofreció a su anfitrión, que no hizo más que mirar el vaso sobre la mesa de centro, el mismo vaso de veinte días atrás.

—Ahora bien, amigo Charles, como sabrá, seguimos teniendo problemas con las fábricas textiles, y las tropas en el frente requieren con premura sacos de arena. Tras haberlo pensado tantos días, quisiera preguntarle si está dispuesto a colaborar. Lo que necesito de usted son quinientos sacos, nada más. El Ejército alemán lo compensará con creces.

Charles soltó la mano de su hija y la de su mujer, alcanzó el vaso y lo deslizó sobre la mesa, alejándolo.

—No —dijo—. No lo haré, señor.

Como lo había hecho la otra vez, Helmut Frank sonrió con las comisuras de la boca, cogió el vaso y, de un sorbo, bebió el contenido.

—Lo entiendo a la perfección, amigo Charles. Le ha faltado tiempo para pensar. —Helmut Frank tronó los dedos y se volvió hacia su secretario—. Tengo una idea, Fischer. Apunte, por favor. Arreglemos que nuestro amigo vaya al frente, a cavar trincheras un par de semanas. Acaso el trabajo lo ayude a reflexionar. Tiene que ser pronto, no queremos que se ponga demasiado cómodo en casa. Digamos dos o tres días.

Aunque el cabo Kurt Fischer no tenía a la mano papel ni tinta, asintió con la cabeza para manifestar que lo estaba registrando en la mente. Ya con una sonrisa de labios enteros, Helmut Frank regresó la atención hacia los Laval y dijo:

—Dos o tres días, Charles. Tiene hasta entonces para cambiar de parecer.

France le frotó la espalda a su marido. Gin clavó la mirada, su mirada azul, en el vaso vacío que aún sostenía el comandante.

67

Los primeros días de 1915 manifestaron una profecía universal: aquel sería un año funesto. Dos zepelines alemanes bombardeaban por primera vez territorio británico, y en el mar del Norte, en el banco de arena de Dogger, la Armada del Reino Unido se imponía ante la del Imperio alemán. En la campaña del Cáucaso, treinta mil soldados turcos morían congelados, mientras que, al otro lado del Imperio otomano, naves británicas atacaban los fuertes a lo largo del estrecho de los Dardanelos.

En Estados Unidos, Graham Bell realizaba una llamada telefónica de costa a costa, y en Bombay, tras veinte años en Sudáfrica, Gandhi atracaba con honores. El Gobierno italiano masticaba la idea de entrar en la guerra escuchando ofertas de un bando y de otro, y en Londres, al frente del Almirantazgo, Winston Churchill formaba un comité técnico para el desarrollo de un vehículo blindado de combate.

La victoria era una remota aspiración que pocos se atrevían a pronunciar.

68

Jules About llegó a Saint-Omer a finales de enero hechizado por el chirrido metálico del tren sobre las vías. En la sección de palomas Alec Waley lo recibió con un saludo cargado de emoción. Estaba trabajando en la oficina y, en cuanto advirtió la figura de Jules en el marco de la puerta, saltó de golpe y se apresuró hasta el umbral con la mano extendida. Fue la primera vez que se estrechaban la mano. Jules percibió al instante que el saludo había estado fuera de lugar y acaso también Alec Waley, porque de inmediato se alejó unos pasos, se cuadró e hizo chocar los talones, como recuperando el trato militar.

—Muchacho —dijo.

En cuestión de minutos, sentados ante el escritorio, el teniente puso al corriente a Jules. El cuerpo del servicio contaba ya con los veinte hombres que requerían para la operación de las diez jaulas, aunque la población de palomas, debido a la reproducción descontrolada, había incrementado casi trescientas cabezas.

—Tenemos que comenzar a hablar de la expansión del palomar —dijo Alec Waley sin premura, las manos extendidas sobre el escritorio, el gesto impávido, los párpados caídos—. La guerra nos pide crecer, pero debe haber un plan.

Antes de que Jules se levantara y fuera a instalarse a las barracas, hablaron sobre la mudanza a Hazebrouck, que se realizaría en un par de semanas y que, si todo salía según los planes, no les llevaría más de un día.

—Un gran desfile de hombres y palomas, muchacho.

La mudanza implicaba una gran dificultad logística porque debía realizarse de un tirón. La sección de palomas tomaría prestados varios vehículos del Ejército y, puesto que no los había de sobra y podían ser requeridos para misiones urgentes, estos debían devolverse lo antes posible, el mismo día.

—Un desfile sin retorno, teniente.

Mientras la fecha del traslado llegaba, Jules reasumió sus labores en la sección. Casi a diario, montado en la motocicleta, repartía palomas en el frente, y también trabajaba en la oficina del teniente Waley, diseñando la nueva nomenclatura de palomas que utilizarían en Hazebrouck.

Jules About vivió su cumpleaños número dieciocho a su antojo, absorto en la vida militar. Más que navegar el día, tuvo la sensación de remontarlo, como a contracorriente. Por la mañana visitó varios puestos de defensa en el área de Ypres y a mediodía se ocupó con los papeles de la oficina. El rostro de la gente, el lodo de las trincheras, el óxido de las jaulas, todo alrededor se veía más triste que de costumbre, hasta las cosas más simples, como las piedras. Aunque no lloró, no pudo desprenderse durante el día de una fuerte propensión a hacerlo. Solo al atardecer, cuando visitó el aeródromo de Saint-Omer, consiguió algo de calma. Los aviones en el cielo lo distrajeron casi una hora: era como observar a las palomas del islote. De hecho, a menudo tenía la intuición de que un avión daría una voltereta hacia atrás, cayendo con gracia, y que el resto de los aviones harían lo propio a continuación.

En el campamento nadie supo que ese día era su cumpleaños.

69

En la antigua bodega de telas, a la luz de las velas, Gin trabajaba en una de sus descripciones textiles. Había dejado de insistir con la novela de aventuras tras una hora sin escribir una sola palabra. A diferencia de la narrativa, las descripciones no requerían inspiración, sino más bien impulso: trazada la primera letra, la tarea marchaba como un acto mecánico. A veces los resultados eran buenos, a veces malos. Esa noche, sin embargo, la chica no podía avanzar ni siquiera con la descripción de una franela. Al día siguiente su padre iba a ser enviado a cavar trincheras en la línea de batalla.

Más temprano esa noche, los Laval habían tomado la cena en la cocina, envueltos en un silencio angustioso. Charles seguía firme en su decisión: no confeccionaría ni un solo saco para los alemanes.

—Si lo hiciera —dijo—, no volvería a disfrutar una merienda por el resto de mi vida.

En vista de que Helmut Frank cumpliría su palabra, Gin y France habían utilizado cada cual sus mejores armas de persuasión, pero la respuesta con que se toparon no varió en ningún caso: «Prefiero el lodo que la indignidad». Por ello, para cuando llegó la hora de despedirse y tomar la última cena, madre e hija, cansadas del fracaso, no tuvieron aliento para decir nada. El silencio llegó a ser tan angustioso que el tintín de los cubiertos y los platos resonaba como en el centro de un templo.

Helmut Frank apareció en la cocina cuando los Laval estaban levantando la mesa y los invitó a sentarse, aunque él permaneció de pie, detrás de una de las sillas.

—Le aseguro que no se trata de una simple amenaza, amigo —le dijo a Charles—. Todo está arreglado para que mañana, a primera hora, parta con las tropas de relevo hacia el frente.

—Lo sé, señor.

—Sea razonable —dijo el comandante—. Aprenda a negociar.

—No, no con eso, señor —dijo Charles, y de inmediato France soltó un suspiro.

Helmut Frank apretó los labios, asintió con la cabeza y dio unas leves palmadas sobre el respaldo de la silla.

—Muy bien —dijo con la mirada puesta sobre Charles—. Mañana a primera hora. —Mientras salía de la cocina, el comandante agregó—: Que descansen, familia Laval.

En la antigua bodega, Gin no podía dejar de repetir la escena en la mente. «Aprenda a negociar», murmuraba. Víctima del miedo, tampoco dejaba de imaginar a su padre cavando trincheras de sol a sol, mientras un oficial le gritaba órdenes a las espaldas y mientras algunas explosiones, a lo lejos, hacían volar la tierra sobre el horizonte. Así como antes se había resignado a hacer a un lado la novela, Gin terminó por abandonar la descripción de la franela. Aquella no era una noche para escribir. Sentía sobre los hombros la responsabilidad de hacer algo, de levantarse en ese momento y hacer algo. Tuvo varias ideas, pero todas requerían una alta dosis de determinación. Para darse ánimos, pensó en los personajes de su escritor preferido, Jules Verne, que solían emprender las aventuras más extraordinarias sin reflexionar demasiado.

Tras un rato de vacilación, en el que recorrió la bodega

de un lado a otro y consultó algunos pasajes de sus novelas predilectas, Gin salió y cruzó de puntillas la casa. Iba descalza y con un camisón de dormir que le llegaba a la mitad de los muslos. No había querido llevar consigo ninguna vela, pues se movía a la perfección por la oscuridad de los pasillos. La noche era silenciosa y fría. Cuando llegó a la habitación que buscaba, se tomó un instante para respirar hondo y enseguida abrió la puerta sin llamar.

Metido en la cama, con el dorso desnudo, Helmut Frank retiró la mirada de los papeles que leía y la depositó sobre Gin. A un costado de la cama, sobre la mesilla de noche, una vela corta y ancha alumbraba una pistola. Gin miró el arma, pero enseguida se arrepintió y se volvió hacia Helmut Frank, que no movió un músculo. Sin el uniforme, con el pelo desacomodado y con los hombros expuestos, el comandante no aparentaba ser mayor que Gin.

—¿Qué pasa? —susurró.

Sin despegar la mirada de él, Gin cerró la puerta tras de sí.

—¿Qué haces? —susurró de nuevo Helmut Frank.

—Negociar —dijo Gin con voz firme, quitándose el camisón.

La chica se acercó a la mesilla. Helmut Frank se tensó bajo las cobijas, pero acto seguido Gin apagó la vela de un soplo y se metió a la cama.

70

Tras meses sin operar, el aire de la fábrica de terciopelo se había condensado como el de una cripta. Maurice se abrió paso entre el polvo y los insectos, y se puso a barrer con la mejor disposición. Mató roedores, engrasó máquinas y pulió muebles. Solo entonces llamó a un par de antiguos trabajadores. La fábrica de los About estaba lista para colaborar con el Ejército de Francia.

El taller de la sección de camuflaje en Amiens se instaló en una zona cercana, en un almacén desocupado al otro lado del cementerio. Allí Maurice se reunió por primera vez con los oficiales de la sección, en su mayoría pintores, y aprendió que se autodenominaban *camoufleurs*. También aprendió que el arte del camuflaje militar no se reducía a ocultar armas y tropas, sino que también pretendía confundir al enemigo sobre la dirección de un vehículo, por ejemplo, o la dimensión de un cargamento.

Tras varios encuentros, Maurice se descubrió hablándoles a los oficiales con el mismo tono con que solía alentar a los trabajadores de su fábrica de terciopelo. No tenía que esforzarse: era un ímpetu que brotaba con naturalidad dentro de su ser. Así como al operar la fábrica la motivación principal no eran las ganancias, el trabajo con la sección de camuflaje no solo estaba incitado por la idea de ganar la guerra. Lo que a Maurice le apasionaba era formar una tripulación hermanada y dejar la vida en un cometido, fuera cual fuera.

El cometido en ese momento era el arte del camuflaje. Maurice y los oficiales estudiaron y discutieron sobre el camuflaje de los animales en la naturaleza. Hablaron sobre el método de mimetismo de las mariposas con el follaje, de las serpientes con la arena y de los felinos con la maleza. De esta materia Maurice conocía un poco y pudo aportar ciertas ideas para el desarrollo de materiales, pero cuando los oficiales propusieron utilizar movimientos artísticos como inspiración se quedó estupefacto.

—¿Cubismo? —preguntó—. ¿Qué diablos es eso?

De modo que Maurice About comenzó a cultivarse, con su fervor habitual, en las vanguardias europeas.

71

El día de la mudanza a Hazebrouck no hubo imprevistos. Entre la veintena de hombres del servicio de palomas, nadie levantó la voz, nadie se condujo con vacilación, nadie cometió ningún error. De tanto planearlo, el teniente Waley logró desmantelar la sección en un par de horas sin tener que agregar una sola indicación a lo dicho en los días anteriores. A las once de la mañana hombres, aves y equipamiento se hallaban a bordo de una caravana de furgonetas y carretas. Jules y Alec Waley se acomodaron al frente, cada cual en su motocicleta; para no dejar atrás a los vehículos más lentos, debían avanzar a poca velocidad, lo cual les permitía intercambiar algunas palabras.

—Allá vamos —dijo al arrancar el teniente.

—*Bye-bye*, Saint-Omer —dijo Jules.

Enfilada hacia el este, al salir de la ciudad, la caravana pasó junto al depósito de trenes que había ocupado el escuadrón de Inteligencia del sargento Harold Thomas. Jules About pensó en las columnas de piedras que Piper había levantado en el patio.

—*Bye-bye* —volvió a decir cuando cruzó el río Aa.

El viaje a Hazebrouck representaba veinte kilómetros de terreno plano. La caravana avanzó despacio pero sin dificultad; el aleteo y el arrullo de las palomas marcaban el paso, como el redoble de un tambor. A la cabeza, Waley le habló a Jules sobre la necesidad de diseñar palomares móviles.

—Cuando la guerra se desatasque y la línea de defensa comience a fluctuar, las tropas van a requerir medios de comunicación, fieles y constantes. Debemos pensar en eso, muchacho. —El teniente echó un vistazo atrás, hizo un círculo con la mano en el aire y añadió—: Algo tenemos que idear.

—Sí —dijo Jules—. Furgonetas adaptadas, carretas adaptadas, bicicletas adaptadas.

—Y crecer. Tenemos que crecer.

Hora y media después de la salida, la caravana llegó a Hazebrouck y recorrió las calles hasta un colegio que estaba siendo utilizado por el servicio de Comunicaciones del Ejército británico. A la sección de palomas le fueron asignados los edificios traseros de la propiedad, al otro lado de un amplio patio.

En cuanto terminaron de descargar el mobiliario, los vehículos militares volvieron a Saint-Omer.

La instalación en los nuevos espacios fue automática y silenciosa. Antes de que el sol se ocultara, las palomas estaban en las jaulas, distribuidas y clasificadas bajo la flamante nomenclatura de Jules.

—Podríamos organizar una biblioteca con este sistema —dijo Alec Waley al supervisar los palomares—. La biblioteca de una nación entera.

Desde el primer día en Hazebrouck, los hombres de la sección se percataron de que el estruendo de la guerra era mayor allí. Ahora se hallaban a veinticinco kilómetros de la primera línea del frente.

72

Lo vio con espanto: el uso del lanzallamas en la guerra.

Arcos de fuego, chorros de lava, trenzas de luz.

El infierno de la tierra de nadie se hizo todavía más profundo.

Jules About lo presenció durante la ruta de reparto.

El olor a carne quemada, los bramidos desgarradores, los soplos de aire abrasador.

Envueltos en llamas, los soldados corrían desesperados. Para entonces el uniforme se les había chamuscado. Seguían corriendo hasta que la combustión los retorcía. O se arrojaban al lodo y rodaban, como lágrimas de magma. Para entonces el alma se les había esfumado.

Jules About lo veía con espanto, lo miraba un momento y continuaba.

Repartía palomas en la guerra.

Había muestras ocasionales de que su labor salvaba vidas. El rescate, por ejemplo, de dos pilotos que cayeron en altamar. Como el equipo de radio quedó inservible, liberaron una paloma con su ubicación.

Muestras de que valía la pena lo que hacía. Muestras de que había dirección.

Lo empezó a ver con esperanza: el uso de la paloma en la guerra.

De cuando en cuando sufría alguna herida. Una caída

debido a una explosión cercana. Incluso una vez lo rozó una bala. Pero él se levantaba. Se sacudía el espanto, pensaba en el castaño y continuaba con el reparto de aves.

Jules About se montaba en una motocicleta y conducía.

73

Claire se relacionaba con desenvoltura con el ser en su vientre; conversaba, cantaba y hasta reía. Decía «nosotras» en vez de «yo», y, cuando era necesario disociarse, se refería a la criatura en gestación como Adèle. Con frecuencia se le escuchaba explicarle el funcionamiento del mundo exterior; tomaba un objeto, lo colocaba a la altura del vientre y decía: «Esto es un sacacorchos. Lo insertas en el corcho de una botella, lo giras hasta el fondo y luego tiras». En vez de preocuparse, Angèle y Thérèse sintieron envidia. Cuestionaron su propia habilidad adivinatoria y entraron en debate sobre qué era más prodigioso, hablar con los muertos o con los no nacidos.

Maurice, por su parte, se estaba acostumbrando a vivir fuera de la dinámica de ánimos extremos que lo había gobernado desde siempre; avanzaba por el calendario con el ritmo natural de las personas. El trabajo con la sección de camuflaje lo mantenía ocupado por las mañanas, pero no era comparable con la urgencia militar que el servicio de palomas le había exigido los meses previos. Y del mismo modo, estaba a salvo de la acentuada pereza de otras épocas, cuando volvía al islote para huir de la existencia. Ahora tenía tiempo y energía para leer, para atender a Claire y para hacer ejercicios con las palomas; incluso salía a remar por los Hortillonnages cada tanto. En medio de la guerra, Maurice About encontró cierto equilibrio.

Sin embargo, una o dos veces al día comenzó a sufrir súbitos episodios de ansiedad. Al principio Claire lo controló con masajes en el cuello y la nuca, pero pronto el asunto se agravó. Maurice tenía que ponerse de pie y caminar alrededor del islote y estrujarse las manos y rascarse comezones imaginarias. A distancia, con su espléndida intuición, Angèle y Thérèse diagnosticaron el malestar.

—Tienes la cabeza puesta en Jules —le dijeron—. Pero no hay de qué preocuparse. Nosotras te vamos a decir cuando algo le ocurra.

A partir de entonces, siempre que sufría un episodio de ansiedad, Maurice acudía a las viudas. Él no decía nada y muchas veces ellas ni siquiera se giraban para mirarlo.

—Él está bien —se limitaban a decir.

De esta forma Maurice aliviaba sus nervios y las viudas se sentían de utilidad.

Si los episodios ocurrían mientras se hallaba en la fábrica de terciopelo, no resultaba tan fácil conseguir alivio. Algunos de los oficiales de la sección de camuflaje acudían en su ayuda y trataban de calmarlo hablando acerca de pintura vanguardista. Si esto no funcionaba, Maurice tenía que esforzarse por ver plumas en el aire y semillas en el suelo, como Jules le había contado que podía vislumbrar en la fábrica. También palpaba alguna pieza de terciopelo y recordaba las palabras de su hijo: «Son operaciones honradas, son lugares sagrados».

74

Charles Laval no cavó trincheras en el frente ni confeccionó sacos de arena. Se quedó en Cambrai, confinado en su habitación e inmerso en un mutismo monástico. Tras comprender la razón por la que Helmut Frank le había condonado su pena, una terrible abulia lo derribó en la cama, y comenzó a vivir de modo exclusivo hacia sus adentros. Fue como si hubiera decidido que su única participación en la realidad sería, a partir de entonces, la de un espectador.

—Charles, tienes que levantarte —le dijo al principio France.

Él no pronunció palabra.

—Charles, no tienes que levantarte. Tan solo habla —le dijo France después.

Él no la miró.

—Charles, no hables si no quieres. Tan solo mírame —le dijo al final.

Él no reaccionó.

France no tuvo más remedio que intervenir y atenderlo como a un inválido, incluso para las necesidades más básicas, y no recibió a cambio la más mínima explicación. De un día para otro asumió la tarea de cargar con su marido, de no dejarlo morir. Además de las responsabilidades del hogar y el estrés de la invasión, el cometido fue un reto para el alma de France; la dominaron las percepciones simultáneas de haber enviudado y de haber ganado un hijo.

A diferencia de Charles, Gin estrenó una vida diligente y distinta, la vida de una mujer de un oficial alemán. Al menos una o dos veces por semana acompañaba al comandante Helmut Frank a reuniones con otros oficiales y sus parejas. Allí aprendió a beber champaña, a jugar a la baraja y a fumar tabaco; también aprendió un poco de alemán. Con la belleza de sus dieciséis años, la chica generaba una buena impresión. Asistir a esas fiestas era una prueba de tolerancia. Gin tenía que soportar el tacto confianzudo de otros oficiales, las bromas a costa de su nacionalidad y la soledad entre la concurrencia. Por más que intentaba pasar un buen rato, no podía desprenderse de un sentimiento de culpa. A veces incluso se ponía a calcular las muertes que los oficiales a su alrededor habían originado en las últimas semanas. Se esforzaba por sonreír y por vestir bien y por hablar lo indispensable, pero al volver a casa se refugiaba en la antigua bodega y gritaba bajo la almohada durante horas.

Las noches en la cama de Helmut Frank eran esporádicas. Cuando ocurría, era porque el comandante se lo pedía de manera expresa, a veces a través de un mensaje escrito y a veces a través del cabo Kurt Fischer, quien, sin mirarla a los ojos, se aclaraba la garganta y decía: «El comandante le ruega su compañía esta noche». Las primeras semanas Gin no tuvo otra opción más que acceder. Esperaba a que la casa se envolviera en el silencio de la noche y entonces salía de la bodega, tal como lo había hecho la ocasión en que salvó a su padre del trabajo forzado. Con el tiempo, sin embargo, Gin fue adquiriendo confianza y cierto poder de negociación. «Hoy me encuentro indispuesta», respondía en algunos casos los mensajes de Helmut Frank. «Dígale al subcomandante —le señalaba al secretario en otros casos— que estoy demasiado cansada esta tarde».

En lugar de reaccionar con exigencias y malos humores

cuando obtenía una negativa, Helmut Frank se desbordaba en atenciones con Gin; le hacía regalos, le concedía libertades. Con esta dinámica la chica consiguió, entre otras cosas, un vestuario renovado, una extensa colección de novelas de aventuras y una criada que ayudara a su madre con el cuidado de Charles.

Las noches en que no podía encontrar pretextos, Gin visitaba al comandante cuando el resto de los habitantes de la casa estaban dormidos. Antes de meterse en la cama, apagaba sin falta la vela sobre la mesilla, junto a la pistola. Helmut Frank la poseía con agrado, pero sin pronunciar una palabra y sin soltar un gemido. Cuando el acto concluía, Gin esperaba a que las sábanas se enfriaran para salir de la habitación. «Gracias», le decía siempre el comandante como despedida; ella no contestaba.

Al volver a la antigua bodega, Gin se entregaba a la descripción de telas; por más que procuraba apegarse a atributos materiales, sin falta terminaba por plasmar sentimientos propios. Luego se iba a la cama y trataba de pensar en el castaño de Amiens y en Jules. No era sencillo. En la oscuridad de la noche toda clase de imágenes la acechaban: las trincheras en el frente, los brindis de los oficiales alemanes, la lujuria del comandante. Pero ella se esforzaba en volver a la postal del árbol de su amor. Imaginaba el castaño verdecido en su totalidad y a continuación hacía caer las hojas de las ramas, una a una. Gin se ocupaba en este ejercicio mental hasta quedarse dormida.

75

Lo vio con perplejidad: el uso de la granada en la guerra.

Fruto de pólvora, pelota de estrépito, bulbo de agitación.

La hoguera de la tierra de nadie se hizo todavía más impetuosa.

Jules About lo presenció en sus recorridos por el frente.

La fragancia de la tierra quemada, las detonaciones vibrantes, las bóvedas de humo.

Con la lluvia de granadas, los soldados corrían desesperados. Pero la cuenta regresiva entonces los arrinconaba. Seguían corriendo hasta que la explosión los malhería. O se quedaban quietos y miraban el artefacto, como niños entrometidos. Pero la cuenta regresiva entonces los desmigajaba.

Jules About lo veía con perplejidad, lo miraba un rato y continuaba.

Escribía un manual de la paloma en la guerra.

Había muestras periódicas de que su labor salvaba vidas. El rescate, por ejemplo, de un batallón que sufrió un ataque sorpresa. Como liberaron una decena de palomas sin mensaje, en la retaguardia supieron que estaban en problemas.

Muestras de que marcaba una diferencia lo que hacía. Muestras de que había dirección.

Lo veía con esperanza: el uso de la paloma en la guerra.

De cuando en cuando sufría alguna herida. Un golpe

debido a un ataque aéreo. Incluso una vez pisó un fierro oxidado. Pero él se levantaba. Se sacudía el espanto, pensaba en el terciopelo y continuaba con la redacción del manual.

Jules About se montaba en una motocicleta y conducía.

76

Pasado el espanto y el frío más crudos, Jules About y el teniente Waley echaron a andar un programa de reproducción en los palomares, en Hazebrouck. En jaulas apartadas, lo primero que hicieron fue combinar machos y hembras y esperar que la naturaleza hiciera lo suyo. Propensas a la monogamia, las palomas se cortejaban con reverencias y bailes y, al cabo de unas horas, se iban emparejando cual si estuvieran en una gala. Una de las tareas de Jules y Waley era reconocer a las parejas y aislarlas en nidos privados, donde pasaban unos días sin intrusión; también había que forzar en parejas a las aves que no se habían valido por sí mismas. Más tarde, cuando aparecían los huevos, había que revisarlos a diario y reparar los que presentaban grietas. Y el trabajo más desagradable llegaba con el nacimiento de los pichones: además de alimentarlos y limpiarlos, había que matar a los más débiles, a los que a todas luces no soportarían el rigor de la guerra. Mientras hubiera sol, un concierto de trinos inconsolables dominaba la parte trasera del colegio en que se había alojado el servicio de palomas.

Como si el reparto de aves y la transmisión de mensajes no fuera suficiente ajetreo, Jules y Waley asumieron otros cometidos que los mantuvo sin parar a lo largo del primer semestre de 1915. Con toda seguridad, el más laborioso de ellos fue el de capacitar a los soldados del frente en el manejo de palomas. Aunque las lecciones implicaban demasiadas horas y demasiado sudor, el teniente Waley estaba convencido de que era imprescindible empezar por instruir, al menos, a un hombre por cada batallón británico.

—A la larga —decía—, esto tiene el potencial de salvar vidas humanas, amén de reducir la pérdida de aves.

De forma que el teniente gestionó que semana a semana llegaran grupos de soldados con el fin de iniciarse en la materia de la paloma en la guerra. Las lecciones las daba quien estuviera libre: Waley, Jules, Dussollier o cualquiera de los hombres de la sección, que día a día perfeccionaban sus habilidades.

Otro cometido que distrajo a Jules y Waley fue la tentativa de equipar con canastas de palomas a los cuerpos de Caballería. Las pruebas determinaron que era posible hacerlo para trayectos cortos, de una hora a lo más; después de este tiempo, las palomas resultaban tan aturdidas por el galope del caballo que, al liberarlas, volaban sin brújula o se estrellaban contra el suelo. En el capítulo correspondiente del manual, Jules concluyó: «No se aconseja su uso para las tropas montadas».

A pesar de la rutina industriosa, Jules About tenía en mente más ideas para aumentar las operaciones del servicio de palomas. No se había olvidado de la fotografía aérea ni del lanzamiento de canastas sobre el territorio ocupado por el enemigo.

77

Se topó con él tras una entrega de palomas en el cuartel de un batallón en las trincheras: si no hubiera sido por la voz exaltada, Jules no lo habría reconocido. Sin el uniforme de sargento y con una severa disminución de masa muscular, Harold Thomas parecía uno de esos chicos, casi críos, que con cierta frecuencia Jules se encontraba en la guerra. Pero a diferencia de los chicos, que solían saber muy bien su función, fuera la que fuera, Harold Thomas no parecía tener ninguna ocupación. Jules había dado con él en las líneas de reserva, luego de reconocer el timbre enrevesado de su voz.

Harold Thomas estaba hablando con la tierra abierta a su alrededor.

—Sargento —dijo Jules.

—Todo es simultáneo. En el cielo, en la tierra, en el mar. Guerra a todas horas, en todos los frentes, con todas las banderas. Todo ocurre al mismo tiempo y nadie puede verlo al mismo tiempo. Ni los generales, ni los soldados, ni Dios.

—Sargento —volvió a decir Jules y le tocó un hombro.

Harold Thomas lo miró. Tenía los ojos vacíos de las palomas.

—Eh, no me digas.

—Sargento.

—No me digas tu nombre.

—¿Cómo le va, sargento?

—Jules, ¿no es verdad? Jules.

—¿Cómo está?

—Todo es simultáneo, Jules. En la guerra. Es abrumador.

Harold Thomas encendió dos cigarrillos y le ofreció uno a Jules, que no se atrevió a rechazarlo. Harold Thomas continuó hablando un rato sobre la simultaneidad de la guerra y Jules entendió que debía dejarlo hablar. Entretanto se distrajo con el humo en la boca.

A poca distancia, en el frente de batalla, se intercambiaban disparos y retumbaban estallidos.

Cuando el discurso de Harold Thomas se fue muriendo, Jules se animó a hacerle algunas preguntas.

—Sargen, ¿sabe qué ha ocurrido con Benjamin y Cecil?

—Han vuelto con el servicio de señales.

—Ya.

—Pero ¿sabes quién ha sido dado de baja, Jules? Piper, ese pobre bastardo.

En lo alto, por entre las nubes, algunos aviones se perseguían y se disparaban.

—¿Y usted, sargento? ¿Cómo está?

—Estoy a punto de meterme un disparo en la mano, Jules. O en el pie.

—No diga eso.

—Algunos muchachos lo hacen para obtener unos días de descanso en el hospital. Si tienes suerte y atraviesas un hueso importante, te mandan a casa.

Harold Thomas encendió otro cigarrillo. Jules aún sostenía los restos del anterior y un hilo finísimo de humo se elevaba desde sus dedos.

—Me han humillado, Jules, los malditos perros. Me han

puesto a cargo de las letrinas. Aquí me tienes todo el día con la pala, cubriendo la inmundicia de esta multitud de moribundos. El olor, no tienes idea, Jules. Es algo que no se puede contar. Pero ¿sabes cuál es la peor parte?

—Sargento.

—Las malditas moscas. Con las ratas me puedo arreglar. Con los piojos me puedo arreglar. Pero las moscas, las malditas moscas. ¡No se puede tratar con ellas! No se asustan. No se intimidan. Matas a una y viene toda su maldita pandilla a vengarse. Se te meten por la boca, por la nariz, por las orejas. No tienen honor.

—Sargento.

—Nada de eso, Jules. Ahora llámame almirante, mariscal, brigadier. Soy el maldito general de las moscas.

Harold Thomas ahuyentó con la mano algunos insectos invisibles y enseguida sacó por entre su ropa la vieja cantimplora de bolsillo que llevaba a todas partes. La abrió y le dio un largo largo trago. Antes de que tuviera una oportunidad de ofrecerle la cantimplora, Jules se despidió.

—Estoy en ruta de entrega —dijo y alzó una canasta de palomas vacía.

—Ah, las palomas. Las pequeñas palomas mensajeras.

—Sí.

—Imagina las llamadas telefónicas que se realizan mientras las palomas atraviesan el cielo. Los telegramas. Las transmisiones de radio. Las cartas. Las señales de luz. Todo es simultáneo, Jules. Los aviones y los submarinos.

—Cuídese mucho, sargento.

—Llámame general.

—Adiós, general.

Jules había avanzado varios pasos cuando Harold Thomas lo alcanzó y le pidió una moneda o algo para canjear con las tropas.

—Esto no se llena por arte de magia, ¿sabes, muchacho? —dijo agitando en el aire la cantimplora.

Lo único que Jules llevaba encima eran dos barras de chocolate. Se las obsequió.

Fue la última vez que se vieron.

78

Lo vio con terror: el uso del gas venenoso en la guerra.

Nimbo de tortura, niebla de asfixia, tufo de dolor.

La tumba de la tierra de nadie se hizo todavía más calamitosa.

Jules About lo presenció en su paso por las trincheras aliadas.

El permanente aroma a metal, la muerte acarreada por el viento, el miedo a respirar.

Sin el equipamiento adecuado, los soldados orinaban en un paño y se lo colocaban en el rostro. Solo que a veces la reacción química era más peligrosa. Entonces los soldados corrían desesperados. O se revolcaban en el lodo y se arrancaban la piel, como una cáscara maliciosa. Solo que a veces el gas también les carcomía los pulmones.

Jules About lo veía con terror, lo miraba un rato y continuaba.

Criaba palomas mensajeras en la guerra.

Había muestras frecuentes de que su labor salvaba vidas. El rescate, por ejemplo, de un soldado que se refugió en lo alto de una torre. Como liberó una segunda paloma luego de la primera, su mensaje esquivó el fuego enemigo.

Muestras de que aportaba su grano de arena para conseguir la victoria. Muestras de que había dirección.

Lo terminó por ver con esperanza: el uso de la paloma en la guerra.

De cuando en cuando sufría alguna herida. Un esguince debido a una retirada inesperada. Incluso una vez se fracturó una costilla. Pero él se levantaba. Se sacudía el espanto, pensaba en el islote y continuaba con la crianza de palomas.

Jules About se montaba en una motocicleta y conducía.

79

A mediados de julio, Claire dio a luz a una niña sana y silenciosa.

—Adèle —dijo en cuanto la tuvo en brazos—, Adèle About.

Las viudas, en el islote familiar, se atribuyeron los cuidados de la niña. Claire, que iniciaba su recuperación, lo tomó como una fortuna. El pelo oscuro, la mirada firme, el gesto inmutable, Adèle demostró en unas semanas tener un temple sereno e indagador. La cautivaba más un vaso de agua que la llama de una vela, y era evidente su atracción por los cristales con que trabajaban Angèle y Thérèse. «Cáncer, después de todo», decían estas. Adèle no se asustaba con las palomas volteadoras que se paseaban por la casa y que se subían a los muebles, sino todo lo contrario: las piruetas que hacían la divertían. No fue necesario escucharla balbucear para que las viudas dijeran:

—Es verdad. Tiene la voz de la abuela.

El reposo le sentó de maravilla a Claire. Apenas salió de la cama, no volvió a padecer el ensimismamiento de los meses de embarazo y se hizo de un ímpetu tan rotundo que se podía advertir a simple vista. Cuando no estaba con Adèle, Claire trabajaba en la huerta, y lo hacía con un esmero inverosímil: cargaba herramientas, cosechaba con las manos, se movía por el suelo. Nadie sabía la razón, pero se había propuesto levantar el rendimiento de la tierra a niveles nunca vistos. «Es algo que tengo que hacer», decía. Tras la jornada de trabajo, dueña de una energía interminable, Claire entraba a la casa y se empeñaba en la maternidad con la misma entrega que en la horticultura. Aunque ya no sostenían pláticas como antes del nacimiento, daba la impresión de que madre e hija seguían gozando de una conexión inusitada. Claire halló en la convivencia con Adèle la oportunidad ideal para cantar a su antojo. Tardes y noches completas, la niña escuchaba los conciertos con vigilia y atención; a veces lloraba cuando los cantos se terminaban.

Maurice no mostraba demasiada disposición para el cuidado de Adèle. Cuando volvía de la fábrica, prefería recluirse en la biblioteca o realizar ejercicios de entrenamiento con las palomas. Sin embargo, se había adjudicado la responsabilidad diaria de bañar a la niña. Más que un compromiso, se trataba de un deleite: en la tina, con agua tibia y pompas de jabón, Adèle atravesaba el momento más jocoso de su día. Al final del baño, Maurice la envolvía en una manta de terciopelo y la depositaba en las manos de las viudas, que la recibían con gusto, ansiosas por seguir explorando las particularidades de la niña. Antes de retirarse y consagrarse a sus ocupaciones, Maurice se quedaba con ellas unos minutos, hablando de banalidades.

—Jules está bien —decía después de un rato alguna de las viudas.

Solo entonces Maurice se marchaba. Todo el tiempo, todos los días, pensaba en su hijo. La constante preocupación lo hizo envejecer con la plena severidad del calendario.

80

Aunque no eran una pareja todos los días ni a todas las horas, Gin no podía evitar salir a la calle junto a Helmut Frank cada tanto. Para una cena o para una ceremonia, los dos jóvenes se engalanaban y cruzaban la ciudad. Desde entonces se hizo una verdad a voces que Gin se iba a la cama con el enemigo y tuvo que acostumbrarse a los vituperios de la gente. No la agredían en compañía del comandante, por supuesto, sino cuando iba sola o con su madre. Las amigas que le quedaban se fueron alejando poco a poco, desfigurando, hasta que Gin cayó en la cuenta de que, omitiendo a sus padres, estaba sola en Cambrai.

Al principio los vituperios se reducían a palabras sueltas en medio de la multitud, a palabras hirientes pero sin remitente, a palabras burlonas y exageradas. Por primera vez en la vida, Gin, que tenía ya diecisiete años, hubo de bajar la mirada: no contaba con argumentos para rebatir. Después, entre más se escuchaba de las atrocidades de la guerra, los vituperios de la gente tomaron nuevas formas creativas, e hirieron a Gin de modo más directo y profundo.

Una de estas variaciones fue la de las caricaturas. Algunos días se amanecía con la novedad de que una serie de carteles clandestinos habían sido pegados en las puertas de la ciudad; entre las temáticas más frecuentes estaba la de las mujeres que adoraban a los *boches* y que traicionaban a la patria con su amor. En más de una ocasión los carteles aludieron, con nombre y apellido, a Gin Laval. Por más que sentía ganas de encerrarse en la antigua bodega tras la aparición de uno de estos dibujos, Gin se esforzaba por vivir la vida con normalidad, sobre todo en beneficio de France, que se resentía por duplicado de las ofensas a su hija.

Pero la agresión que más la afligió fue la del canto. Todo se había desencadenado en los alrededores de la plaza principal, una mañana de recados. Gin se dirigía a casa con una bolsa de alimentos bajo un brazo y con un paquete de hojas de papel bajo el otro. Puesto que había estado escribiendo más de la cuenta las noches anteriores, la chica iba cabizbaja, pensando en los personajes de su novela, y no advirtió a la gente que se fue congregando a su espalda. Continuó dos manzanas sin reparar en la tonada que la perseguía, hasta que sonaron las campanas de la iglesia y salió de su introversión.

Gente que había conocido desde niña, gente que había entrado a su casa, gente de todas las edades: una multitud cantaba al unísono, riéndose con perversidad, apuntándola con el dedo. Gin se volvió y comenzó a caminar hacia atrás, asustada. La letra de la canción hacía referencia a una mujer de apellido Laval que se acostaba sobre la bandera de Francia con el enemigo, un soldado tras otro. Gin intentó apresurar el paso, pero, como iba de espaldas, se tropezó y sus pertenencias rodaron por el suelo. La gente, excitada, le arrojó los alimentos desperdigados, así como otros objetos a mano. Gin se incorporó y quiso echar a correr, pero era tal su asombro que no podía despegar la mirada de la multitud. Fue el golpe de una piedra, que la alcanzó en la cabeza, lo que la hizo al fin reaccionar. Entonces se olvidó de las compras y emprendió una carrera hasta su casa.

Lo que más hería a Gin del estigma era que afectara a sus padres. Tras las primeras agresiones France se preocupó por la integridad de su hija y le rogó que permaneciera resguardada siempre que no tuviera un compromiso inminente; después, sin embargo, una mayor preocupación le invadió el pensamiento, al grado de no obtener un buen descanso durante meses.

—Querida —le dijo un día a su hija—, ¿qué va a pasar con nosotras cuando termine la guerra? —Su voz había adquirido un timbre de tristeza—. Estos maniáticos nos van a colgar en el medio de la plaza.

A partir de ese momento, Gin sumó esta inquietud a sus pensamientos.

En cuanto a Charles, no había que preocuparse demasiado: él había partido de la realidad tiempo atrás. Pasaba una semana y no hablaba; pasaba otra semana y no salía de su habitación; pasaba una semana más y se negaba a comer. Pese a que daba la impresión de que el territorio de su mente se había convertido en una tierra de nadie, Gin vislumbraba en su mirada una vital chispa de conciencia, por lo que procuraba callar el tema de las agresiones.

Uno de los escasos rayos de luz del repudio social fue que Gin se concentró en la novela de aventuras que escribía. Según sus cálculos, acababa de superar lo que sería la mitad de la historia. Aunque no contaba con la opinión de nadie, sospechaba que tenía algo de valor literario. Siempre que leía y corregía los capítulos, no podía evitar hacerse la pregunta: «¿Le gustaría a Jules?». A veces pensaba en Verne, a veces pensaba en About; por lo regular, se respondía que sí.

El asunto de las agresiones no le robaba demasiado la atención porque no tenía ningún remordimiento: para salvar a su padre habría vuelto a hacer lo mismo una y mil veces más. Pero cuando, a inicios de otoño, descubrió que estaba embarazada, el modo en que reaccionaría la gente de Cambrai le preocupó en verdad.

81

En Hazebrouck, Jules About no contaba ya con las distracciones de los aviones ni del fútbol. Algunas tardes en que quería apartarse del mundo de las palomas no hallaba esparcimientos a los que acudir, y terminaba con el ánimo por los suelos.

Un par de ocasiones intentó unirse a los hombres de la sección, que frecuentaban un local nocturno en la cercanía del colegio. Había música y alcohol, y el ambiente era festivo, sin importar cuán trágica fuera la realidad de la guerra. Un batallón de mujeres consolaban con ternura a los soldados; unos acababan de volver del frente y otros estaban por partir. Rodeado de otras personas, entre el humo y el griterío, Jules no se sintió nunca a gusto en aquel lugar, oasis de deseo, por lo que, tras unas cuantas visitas, decidió no regresar.

A fuerza de caminatas y con la obstinación de llenar algunas tardes, no demoró en hallar dos humildes distracciones: los trenes y los molinos.

Así como en Saint-Omer solía asistir al aeródromo para ver los aviones despegar, ahora Jules se dirigía a la estación de Hazebrouck y asistía al trivial espectáculo del paso de los trenes. Las máquinas eran viejas y estaban oxidadas, y el ruido que hacían sobre las vías le recordaba los viajes con su padre. Ciertas tardes no se registraba ningún movimiento en la estación, pero aun así la visita conservaba su gracia: era como mirar el cielo en espera de una paloma mensajera.

La distracción de los molinos era todavía más simple. En los alrededores del pueblo, Jules había descubierto tres molinos de viento, de idéntico diseño y alineados en equidistancia. Las estructuras estaban derruidas y abandonadas, pero aún giraban las aspas de dos de ellas. Con los muros altos de madera y el tejado a dos aguas, evocaban a las casas para pájaros. La atracción que Jules sentía por los molinos estaba más relacionada con la simplicidad de su arquitectura que con el movimiento de las aspas, ya que disfrutaba verlos incluso los días sin viento.

Con la intención de prolongar su permanencia tanto en la estación de trenes como en los molinos, Jules About comenzó a dibujar en un cuaderno.

Vías a punto de recibir trenes, molinos a punto de moverse.

Así se distraía.

82

Similar a lo que le sucedía por temporadas a su padre años atrás, Jules About se dejó llevar por el remolino de trabajo y pronto fue él mismo quien buscó otras funciones. Además de la expansión de los palomares, aceptó el encargo de desarrollar una solución para evitar que el gas venenoso afectara a las aves. Con la asesoría de algunos médicos, Jules y Waley protegieron las canastas de viaje con filtros y especularon sobre la factibilidad de una máscara de protección para las palomas; sin una agenda fija, realizaban pruebas siempre que tenían la oportunidad.

Asimismo, en el patio del colegio y como proyecto personal, Jules inauguró un pequeño palomar con el objeto de reanudar el entrenamiento de aves noctívagas. Implementó las mismas estrategias que había utilizado en el depósito de trenes del escuadrón. Semanas después, cuando el entrenamiento desplegó los primeros resultados, Jules invitó a Waley a verificar la destreza de esas aves que volaban de noche.

—Carajo —dijo el teniente—. Lo que has criado aquí no son palomas, muchacho. Son murciélagos.

Fue así como el servicio estableció en toda regla la crianza y el entrenamiento de palomas noctívagas para su uso en la guerra.

En cuanto a la fotografía aérea, Jules esbozó lo que recordaba de los diseños de Piper, y con ello Waley intentó encontrar a un técnico especialista, pero ninguna de las personas con quienes habló estaba segura de poder desarrollar una tecnología de esa naturaleza a corto plazo y sin derrochar una fortuna. Pronto quedó claro que el asunto no tenía remedio.

A principios de octubre, todavía con voracidad por más funciones, Jules le expuso al teniente los pormenores del proyecto que llevaba arrastrando desde hacía un año: las canastas de palomas para soltar desde los cielos sobre el territorio ocupado. El documento del proyecto, que especificaba el equipo requerido y las instrucciones operativas, tenía una extensión de veinte páginas mecanografiadas y estaba acompañado por una serie de dibujos. El teniente lo estudió por semanas y no se expresó sino hasta finales de mes, cuando le dijo a Jules:

—Si todo sale bien, arrancamos con el proyecto en enero. Tienen que autorizarlo los de arriba.

83

A finales de noviembre, una tarde Jules visitó los tres molinos en las afueras de Hazebrouck. Llevaba varios días sin ir hasta allí y quiso dibujar un poco para distraerse de las ocupaciones militares. Como siempre, para apreciar también el paisaje de alrededor, se acomodó a una buena distancia de las estructuras, en el suelo. Caía la tarde y los pájaros trinaban el adiós del día.

Entonces, en ese sitio, quién sabe cómo, se respiró una especie de paz.

Más tarde, cuando el cielo se apagó y no pudo seguir con el lápiz, Jules About advirtió un tenue resplandor en el interior de uno de los molinos. Había alguien dentro. En todas las visitas que había realizado jamás se había encontrado con nadie y tampoco se le había ocurrido conocer el interior de los molinos. Cerró el cuaderno de dibujo, se puso de pie y se sacudió el uniforme. Estaba a punto de marcharse, de volver al antiguo colegio por el mismo camino que había tomado de ida, pero de pronto sintió una pujante curiosidad y, por primera vez, se acercó a los tres molinos. La hierba, seca ya por el otoño manifiesto, crujía bajo sus pies.

El resplandor procedía del molino del medio, el menos arruinado. En cuanto se acercó, Jules pudo apreciar por el vano de la puerta la oscilación de la luz sobre los muros. Subió con recelo los cinco escalones que conducían a la entrada y enseguida asomó la cabeza al interior. Tendida bocabajo en el suelo, alumbrada por algunas velas, una joven mujer tejía con las manos una manta de lana. Dentro el aire era húmedo y cálido. Distribuidos por el lugar, había algunos enseres: una silla, una mesa, un balde de agua y utensilios de cocina; al fondo, donde la luz apenas llegaba, había una maleta de viaje, abierta como un libro.

—Hola —dijo Jules desde el vano de la puerta y elevó las manos a la altura del pecho; en una de ellas llevaba el cuaderno de dibujo. Un espasmo recorrió de pies a cabeza el cuerpo de la mujer, que solo entonces se volvió—. Perdón. No quise asustarte. Me llamo Jules, Jules About.

La mujer permaneció en el suelo, sentada sobre la manta que tejía, mirando con recelo al recién llegado. Sus cejas eran densas y angulosas, a dos aguas como el tejado del molino, y sus ojos titilaban con el reflejo de las velas. Sin avanzar un paso y sin bajar las manos, Jules continuó:

—En verdad, no he querido asustarte. Simplemente quise ver qué ocurría aquí dentro. Eso es todo. Estoy con el Ejército británico, en el servicio de palomas, y a veces vengo acá a ver estos molinos. Son bellísimos. Me relaja verlos. Y a veces los dibujo a lápiz. Mira. —Jules se inclinó un poco y le extendió el cuaderno de dibujo. Ella lo tomó—. A veces también dibujo vías de tren.

La mujer se quedó mirando a Jules unos instantes con el gesto serio antes de abrir el cuaderno; en cuanto lo hizo, su semblante se suavizó, y siguió suavizándose a cada página que pasaba. Cuando llegó al último dibujo, se movió a un extremo de la manta y, con un ademán, invitó a Jules a sentarse.

—Carajo —dijo Jules al tocar la manta—, qué buena textura. —La mujer se llevó las manos al pecho e hizo una pequeña reverencia—. Lo digo en serio. Sé de lo que hablo.

Jules le contó sobre la fábrica de terciopelo y las máquinas y los trabajadores y las temporadas de su padre. Luego describió el islote familiar, la huerta, el palomar, la voz de su madre, las artes de sus tías, el nacimiento de Adèle, los canales de los Hortillonnages.

—No hablas mucho, ¿verdad? —dijo Jules interrumpiendo la larga narración. La mujer se limitó a proyectar una amplia, amplísima sonrisa, y de improviso Jules entendió que era muda—. No importa. Si algo tengo de sobra son palabras.

Jules continuó hablando durante horas. Primero explicó a detalle el entrenamiento con las palomas en casa y luego el trabajo con las palomas en la guerra. Habló de las volteadoras y de las noctívagas, del teniente Alec Waley y del sargento Harold Thomas, de la experiencia de volar y de la experiencia de entrar en las trincheras. La mujer lo miraba con los ojos bien abiertos, sonriendo cuando había que sonreír, apretando los labios cuando había que apretar los labios. Mientras escuchaba, acaso de modo inconsciente, la mujer se tejía trenzas con el pelo.

A Jules se le empañó la voz cuando se refirió a la Navidad anterior, pero tosió un poco y pudo continuar. Narró el partido de fútbol, los cantos desde las trincheras, las cortesías. Luego se hizo un silencio.

—Te prometo que nunca hablo tanto —dijo Jules.

Ella levantó los hombros. Tenía ya una fabulosa urdimbre en la cabeza.

Fuera se había hecho la oscuridad.

Jules entonces habló de Piper. La cámara miniatura, las piedras apiladas, el incidente con el globo de hidrógeno. En ese momento también se le empañaron los ojos, y pronto comenzó a llorar, poco a poco y en silencio. La mujer se incorporó. Era alta y esbelta, y, como tenía el pelo acomodado en un moño, lucía toda la longitud y la figura de su cuello. Jules siguió lagrimando. La mujer se aproximó a una vela y la apagó con un soplido. El ruido que se produjo era lo más parecido que tenía a una voz. La mujer se aproximó a otra vela e hizo lo mismo. El soplido sonó como la caída de un puño de tierra. Cuando solo quedó una vela encendida, la mujer volvió a la manta y se hincó de rodillas ante Jules. Se besaron. Ella lo besó primero y él lo hizo después. Jules se dejó caer de espaldas sobre la manta y ella lo cubrió con el cuerpo.

En la oscuridad, los chirridos de la rotación del molino se enfatizaron.

—Carajo —dijo Jules al cabo del amor, mientras acariciaba la piel desnuda de la mujer—, qué buena textura.

84

Ese noviembre, en el frente occidental no paró de llover. La vida en la línea de combate se volvió tan ardua que por momentos eclipsaba los pesares de la batalla en sí. El pie de trinchera volvió a afectar con gravedad a las tropas y los roedores se posicionaron como un tercer bando en disputa. A veces los soldados preferían salir de las trincheras y exponerse al fuego enemigo a continuar metidos en el agua. Cuando esto ocurría en ambos lados de la tierra de nadie, se convenía un tácito cese al fuego y los hombres conseguían un descanso de la humedad. La voz no tardó en correr, y los altos mandos, con las Navidades a la vuelta de la esquina, escucharon los relatos con preocupación: de ningún modo era deseable que se repitieran los eventos del año anterior. En ambos bandos se dictaron órdenes estrictas de no detener el acoso al enemigo bajo ninguna circunstancia.

Lejos de allí, en Nueva Jersey, sonaban los primeros llantos de Frank Sinatra, al mismo tiempo que en París nacía un gorrión con el nombre de Édith Piaf. En Viena, Sigmund Freud pronunciaba sus *Conferencias de introducción al psicoanálisis*, y en el norte de Francia desaparecía el teniente John Kipling, hijo del Nobel de Literatura. En territorio otomano, Mustafá Kemal, el futuro fundador de la República de Turquía, brillaba en la defensa de la península de Galípoli, y los aliados comenzaban a preparar una dolorosa retirada; en consecuencia, Winston Churchill, promotor de dicha campaña, renunciaba al Gobierno y se unía a un regimiento británico para pelear en Francia.

Terminaba 1915 y el resumen del año en el frente occidental era funesto: a pesar de tanta muerte y tanto sufrimiento, ninguno de los beligerantes había podido mover la línea de combate.

85

Hacia el final del año Jules visitó Amiens. Más que para pasar las Navidades y el Año Nuevo con la familia, lo hizo para conocer a Adèle, que estaba por cumplir seis meses. A pesar de que se había enterado por escrito de las peculiaridades de su comportamiento, cuando la tuvo en brazos le pareció un bebé común, como todos. Mientras la arrulló, Angèle y Thérèse no se resistieron a compartir testimonios que para ellas eran pruebas irrefutables del misticismo de la niña, e incluso Claire contribuyó con algunas observaciones propias que sostenían, al menos, que la niña no era del todo normal. No lo pronunció, pero Jules deseó que tanto su madre como sus tías se equivocaran y que la vida de su hermana estuviera marcada por una normalidad punzante.

Maurice no emitió ningún juicio sobre el temple de Adèle. Tras casi un año sin ver a Jules, la separación más larga en sus vidas, no escuchaba las palabras de los demás; era evidente que, bajo una máscara de cristal, luchaba sin cesar para contener la sonrisa. Cuando padre e hijo se hallaron a solas en la biblioteca, Maurice lo atacó con preguntas sobre el servicio de palomas; quería conocer hasta los detalles más intrascendentes, como el estado de un ave que recordaba o el tipo de papel que se estaba utilizando para los mensajes. Las veces en que intentó hacer una sugerencia sobre el manejo de los palomares se topó con la misma respuesta: «Lo tengo todo resuelto, papá». Sin duda, el tiempo había pasado.

En los días que siguieron, en la fábrica de terciopelo Maurice optó por mostrarle a Jules el trabajo que había hecho con la sección de camuflaje. Cañones pintados de verde y caqui, vehículos bajo el velo de una enredadera artificial, barcos disimulados con patrones geométricos en blanco y negro: poseía una amplia colección de papeles con los diseños de la sección. Además, de modo individual, Maurice había estado desarrollando piezas de terciopelo de colores arenosos para camuflarse con el horizonte.

—Ahora hemos comenzado a construir árboles falsos, ¿puedes creerlo? —le dijo a Jules—. El propósito es que sirvan como puntos de observación en el frente, para espiar al enemigo, y por lo tanto deben lucir completamente reales. Hay que hacerlos parecer árboles dañados por alguna bomba o un poco secos, no queremos levantar ninguna sospecha con los cambios de estación.

Al cabo de un par de reuniones, una vez que terminó de exhibir los ingenios del camuflaje, Maurice entró en la materia que en realidad lo había absorbido durante el pasado año: la pintura de las vanguardias europeas.

En la biblioteca de la casa, como en un gran paréntesis de lo que sucedía en el exterior, Jules escuchó a su padre hablar sobre la multitud de pintores que había conocido y la importante obra que estaban desarrollando.

—Van a cambiar el arte para siempre, Jules.

Maurice se refería a ellos solo con el apellido y daba la impresión de que pertenecían a un grupo bastante reducido, en el que todos influían sobre la obra de todos.

A Jules le sorprendió el entusiasmo con que su padre describía, una tras otra, las pinturas que había tenido la oportunidad de admirar en reuniones informales con los artistas;

fue tan ardua la tarea de descripción que, en un punto, ya sin aire, Maurice detuvo la verborrea y se limitó a escupir:

—Será mejor que lo veas con tus propios ojos, hijo.

Acto seguido, al fondo de la biblioteca Maurice develó un cuadro como ningún otro que Jules hubiera visto. La escena era la de un pescador a la orilla de un río junto a un perro, quizá al atardecer.

—Se lo he comprado a un amigo —dijo Maurice.

—Muy borroso —dijo Jules.

—Un verdadero talento, mi amigo el pintor.

—Es como ver a través de un vidrio empañado.

—Valdrá una fortuna, te lo digo.

Por primera vez, Jules no disfrutó las reuniones con su padre. Tampoco buscó la fácil compañía de su madre en la huerta ni acudió al consuelo de las adivinaciones de las viudas. Hecho más inaudito fue que no tomó el bote para explorar los Hortillonnages ni una sola vez. Evitó a toda costa el castaño, el palomar y la fábrica de terciopelo, sus antiguas fortalezas. Pasó aquellos últimos días del año encerrado en su habitación. Para sortear la compañía de los demás, dormía durante el día, y la noche la cruzaba examinando línea por línea el manual de la paloma en la guerra. La suavidad del flujo del río Somme era fastidiosa.

Cuando su estancia en el islote se volvió insostenible, Jules About decidió volver a Hazebrouck. Lo anunció por la mañana, en el desayuno, con la maleta al hombro. Sus padres se quedaron estupefactos, como si hubieran descubierto algo muy grave, pero no protestaron. De inmediato Claire se dispuso a prepararle algo de comer, pero Jules la frenó. Maurice se ofreció para acompañarlo a la estación de trenes e intentó ayudarlo con la maleta, pero Jules rechazó las tentativas de igual modo. Lo único que aceptó fue un frasquito de aceite de lavanda que Angèle y Thérèse le regalaron para mejorar el sueño. Antes de partir Jules besó en la frente a Adèle, que lo miró silenciosa, reflexiva, suspicaz.

Era 31 de diciembre.

Apenas se apeó en Hazebrouck, Jules se dirigió a la sección de palomas, arrojó el equipaje, saludó a los hombres y salió corriendo de nuevo hacia las calles. La última tarde del año caía al compás de los disparos y los obuses. Jules alcanzó a llegar a los tres molinos antes de que se sellara la completa oscuridad; en la construcción del medio halló a la silenciosa mujer de semanas atrás; estaba leyendo un libro a la luz de las velas, recostada sobre la manta de lana, ahora ya terminada.

—Hola —dijo Jules—. Soy yo.

La muda se sobresaltó, pero consiguió no apartar la mirada del libro hasta concluir la frase. Cuando se volvió hacia Jules, tan solo tuvo tiempo de tomar un respiro, puesto que el muchacho ya se inclinaba sobre de ella.

La vida de 1916 había comenzado.

86

A pesar de que le daba miedo la reacción de la gente, Gin rehusó a esconder el embarazo. La existencia de su hijo, se repetía, no sería nunca motivo de vergüenza. Ya en febrero, por las calles de Cambrai era sabido que la joven Laval llevaba en el vientre a una criatura de la Ocupación, un descendiente del enemigo, un hijo de la guerra.

Helmut Frank estaba tan contento con la ocasión de la paternidad que descuidó sus funciones militares para atender a Gin. Hizo llevar una segunda cama a la habitación principal de la casa, que habitaba él, y dispuso que Gin dejara de dormir en la antigua bodega; asimismo se agenció una elegante cuna de latón, que acomodó entre las camas. Los poderes domésticos se reajustaron: el comandante era ahora quien estaba pendiente de los caprichos de la embarazada, quien le procuraba cualquier tipo de libros de la biblioteca municipal y quien se empeñaba por crear la ilusión dentro de la casa de que no eran tiempos de guerra.

Gin y su madre recuperaron las libertades de antes y, en parte, la tranquilidad; sin acordarlo, ambas enterraron el pensamiento de qué ocurriría con ellas cuando la guerra terminara. Charles, por su parte, seguía aislado del mundo: no hablaba, no salía del dormitorio y casi no comía, pero tampoco daba señales de acercarse a la muerte; su existencia era como la de los árboles, abandonados a la merced del tiempo.

A cambio de los favores de Helmut Frank, Gin seguía asistiendo a las reuniones con los oficiales alemanes y sus esposas. En muchos casos fingía malestares y somnolencias, pero cada tanto no había escapatoria: se dejaba arrastrar a cenas repletas de nacionalismo, a fiestas de personas que reían a costa del enemigo, a brindis por una victoria no garantizada. Camino a las reuniones, asida del comandante, Gin sentía las miradas virulentas de la gente; el silencio que se formaba en las calles era más incisivo que las ofensas.

A inicios de febrero, en una de esas inevitables reuniones Gin se comenzó a sentir mal en verdad, fuera de toda simulación. Aturdida por el humo de cigarrillos y el timbre del idioma alemán, apartó a Helmut Frank de sus camaradas y le dijo:

—Siento como si me estuviera cayendo, pero el vértigo me tira hacia arriba.

Él, con el gesto de un hombre embelesado por el champán, se burló. En parte le había parecido absurda la descripción del malestar y en parte sospechaba que se trataba de una excusa para huir de la fiesta.

—Quiero irme a casa —dijo ella con toda la severidad que pudo, pero él volvió a reírse. En vez de insistir, Gin respiró unos segundos, se acarició el vientre y, con la voz afligida por una súbita ternura, lo confrontó—: Me voy a descansar, Helmut. Tú sigue disfrutando.

Para suavizar su frase, recargó el rostro sobre el pecho del comandante.

Sin mover un músculo, Helmut Frank la vio tomar el abrigo, despedirse de una o dos personas y salir del lugar; su gesto era el de un hombre embelesado por el amor.

Fuera avanzaba el ocaso. El aire frío y húmedo le sentó bien a Gin. Camino a casa comprobó que la sensación de mareo poco a poco desaparecía, por lo que atribuyó su indisposición al ambiente pesado de la fiesta. Las calles de Cambrai, vacías y silenciosas, le permitieron adentrarse por completo en sus pensamientos. Entre otras cosas, se prometió que en el futuro negociaría con mayor astucia su asistencia a las reuniones, por lo menos hasta dar a luz; debía cultivarse en el arte de negociar con la ternura y no con la fuerza, tal como había hecho minutos antes. Iba siendo hora, sentía, de vivir en reposo el embarazo. Hasta ese momento se había esforzado por mantener la rutina habitual, haciendo los recados y cumpliendo las labores de siempre, pero quizá era ya pertinente guardarse un poco, bajar el ritmo de los días, hacer las paces con la inmovilidad. La moderación, además, pensaba, le podía brindar más tiempo para la escritura, posibilidad que la emocionó y la hizo acelerar el paso; la idea de quitarse de encima la historia en que trabajaba e iniciar una nueva, una mejor, era estimulante y liberadora.

Estaba especulando sobre cómo la maternidad afectaría a su literatura, cuando, a unas cuantas manzanas de su casa, unas manos la empujaron hacia el interior de un almacén abandonado. El ambiente era oscuro y Gin apenas pudo distinguir la silueta de las personas que se lanzaron para atacarla a golpes; eran tres o cuatro, y por lo menos había dos mujeres, que, además de los rasguños y los manotazos, la embistieron con insultos y escarnios. La embarazada cayó al suelo, se ovilló y se protegió el vientre con los brazos; los golpes se detuvieron pronto. Puesto que todo había sucedido muy rápido, Gin no tuvo la oportunidad siquiera de llorar; sin embargo, cuando los atacantes la obligaron a ponerse en cuclillas y comenzaron a cortarle el pelo con unas tijeras, no pudo contenerse más. Fue un llanto afónico. Las mujeres seguían insultándola, intoxicadas por un odio incurable; más que por relacionarse con el enemigo, la condenaban por aprovecharse de los beneficios derivados.

—Mientras tú comes y duermes con ellos —dijo una voz rabiosa—, allá en el frente nuestros padres y hermanos y maridos están siendo acribillados. ¿Entiendes eso, ramera? Todos los días, acribillados.

El atacante que manipulaba las tijeras lo hacía con brusquedad y sin oficio; en las tinieblas del almacén, pinchaba una y otra vez el cráneo de Gin, le apretujaba las orejas para inmovilizarla y tiraba de los mechones restantes con una fuerza desmedida. Por el rostro, a la embarazada le escurrían gotas heladas de llanto; por la nuca, gotas ardientes de sangre.

Cuando la dejaron en paz, Gin tardó mucho en recuperarse y marcharse a casa. Se quedó tumbada allí, en el almacén abandonado, sobre su propio pelo y su desgracia. No podía dejar de pensar que ese mismo día, quién sabe dónde, Jules About, criador de palomas y fabricante de terciopelo, estaba cumpliendo diecinueve años de vida.

87

Desde inicios del año Jules visitaba a la muda una o dos veces por semana en el molino. La mujer seguía siendo un misterio para él. Lo más notorio era su desinterés por compartir los detalles de su propia historia, de lo que la había llevado hasta allí. «He perdido mi hogar», escribió en la esquina de un papel un día en que Jules la asedió con interrogativas. Aunque eso era todo lo que había revelado de su persona, con el paso de los meses Jules había podido recoger algunos retazos de información. Sabía, por ejemplo, que la mujer era belga, que tenía conocimientos de matemáticas y literatura y que poseía algunas joyas familiares.

Al principio Jules le llevaba alimento, pero ella se las arreglaba para comprar lo que necesitaba en el pueblo; luego entendió que, resguardada en el molino, la verdadera adversidad de la mujer era el aburrimiento. Tal era así que un día Jules se encontró con que, como Penélope, la muda estaba destejiendo la manta de lana para volverla a tejer; a diferencia del personaje homérico, lo que la muda estaba esperando no era una persona, intuía Jules About, sino un momento, el momento ideal para marcharse. Esa impresión daba aquella bella, elegante mujer: que en cualquier instante se pondría los zapatos, tomaría sus pertenencias y partiría para siempre de Hazebrouck, quién sabe adónde.

En cada visita, antes de acercarse al molino, Jules se quedaba mirando las tres estructuras alineadas y se preguntaba, con el pecho falto de oxígeno, si ella seguiría allí. Sin embargo, Jules nunca quiso preguntarle sobre el futuro; había aprendido que hablar sobre el mañana en la guerra era un despropósito, como tejer algo que se vuelve a destejer todas las noches.

Para combatir el aburrimiento, Jules le llevaba papel y lápices, libros y periódicos; incluso un día se hizo de un gramófono de manivela y de un par de discos. Pero el mejor de los regalos fue un surtido de hilos de estambre que Maurice le envió desde Amiens. De este modo, tejiendo en soledad, tejiendo sin deshacer, la muda cruzó algunas semanas de auténtica serenidad.

El apasionado y silencioso amor al que se entregaban Jules y la mujer también ayudaba en el combate contra el aburrimiento.

88

El teniente Alec Waley recibió al fin una respuesta sobre el proyecto de las canastas de palomas. Tras estudiar a conciencia el documento de Jules, los altos mandos habían decidido realizar una prueba piloto en el segundo semestre del año; por tratarse de una operación de espionaje, la ejecución del proyecto quedaba a cargo del cuerpo de Inteligencia del Ejército británico.

—Solo le pido hacer énfasis en una cosa, teniente —le dijo Jules al escuchar la noticia—. Dentro de las canastas, las palomas deben ir envueltas en papel de periódico. De lo contrario, durante la caída pueden desorientarse.

En una carta Alec Waley transmitió la observación y ofreció su asesoría y la de Jules para cualquier asunto relacionado con el proyecto. A partir de entonces Jules About soñaba despierto con una discreta lluvia de canastas sobre el territorio ocupado por los alemanes y, desde luego, con la posibilidad de que una de ellas llegara a las manos, frías y suaves, de Gin.

Una novedad llegó a la sección de palomas con la retirada del frío en el norte de Francia: los británicos y los franceses se preparaban para desplegar en el verano un ataque mayor a orillas del río Somme. El enfrentamiento supondría un flujo de comunicación tan vasto como nunca antes, y la sección de palomas debía tomar medidas para servir a las trece divisiones que la Fuerza Expedicionaria Británica pensaba enviar. Además de la reproducción y el entrenamiento de las aves, esto implicaba la fabricación de equipo especial, en particular de palomares móviles que pudieran trasladarse con las tropas; dada la escala del ataque planeado, era insostenible depender en exclusiva del despacho de palomas desde Hazebrouck. Así, la sección se estrenó en la manufactura de palomares sobre ruedas: los más grandes fueron autobuses de dos pisos adaptados; los más chicos, carretillas que podía empujar una sola persona. Pero los más numerosos fueron carretas tiradas por caballos; las hicieron de todos los tamaños y con todos los recursos a mano.

El manejo de los palomares móviles tampoco iba a estar a cargo de la sección, sino de los hombres a los que habían instruido, uno por cada batallón británico.

—Es ahora cuando cosechamos el esfuerzo invertido —decía el teniente Alec Waley mientras trabajaba con Jules en el plan de logística—. Un ejército completo de plumas.

Por supuesto, en la amalgama de papiros en que se había convertido el manual, Jules About inició un capítulo con las especificaciones técnicas de los palomares móviles.

89

La cabeza al rape, los ojos desolados, el vientre crecido, Gin pasaba la mayor parte del día cobijada por la hermética y pacífica compañía de su padre, que seguía postrado en la cama. Apenas despertaba, Gin se dirigía a su dormitorio y se ponía a leer en voz alta las novelas de aventuras que le gustaban. Tras el ataque, ni el miedo ni el ánimo le permitían salir de casa, a pesar de que Helmut Frank dispuso que el cabo Kurt Fischer la escoltara siempre. Los recuerdos del ataque le provocaban graves noches de insomnio y días de inapetencia.

—Tienes que mejorarte de inmediato —le dijo su madre—, aunque sea hazlo por el bebé.

Pero el abatimiento de Gin era tan formidable que había perdido interés en su propio embarazo, de modo que a France no le quedó más que tomarse su bienestar como una misión personal; si ya lo había hecho con Charles, podía encargarse también de la salud de su hija.

El comandante Helmut Frank llevó a cabo una brutal investigación; durante semanas interrogó a media ciudad, se sumergió en todo tipo de rumores e hizo arrestos infundados. Nada saciaba su afán de venganza. Solo al conocer los límites de su rabia descubrió los del cariño que sentía por Gin. Al final de la jornada, al volver a casa, la buscaba en el dormitorio de Charles y la conducía a la habitación principal, porque en eso fue inflexible: la quería allí con él todas las noches, la quería allí, a su lado, cual si fueran marido y mujer, juntos, durmiendo en camas separadas, pero juntos. Con el tiempo, cuando la investigación se topó con el muro de lo que no tiene arreglo, el comandante hubo de resignarse con el pavor y la desconfianza que había logrado esparcir entre los habitantes de Cambrai.

Un día, a solas, Gin le dijo a su padre:

—Hoy quemé la novela que estaba escribiendo.

Charles se volvió hacia ella. Aunque llevaba varios meses sin hablar, Gin no tenía duda alguna de que era algo voluntario, de que en realidad su padre estaba tan lúcido como siempre.

—La quemé toda, papá —dijo—. La quemé porque lo que se escribe desde la inocencia debe desaparecer cuando uno la pierde. —El cráneo de Gin era redondo y lechoso. Semanas atrás había comenzado a afeitarse—. Quiero olvidarme de las historias por un tiempo. Solo voy a escribir descripciones, papá. Voy a describir cada una de las telas que se me crucen en la vida. Eso es lo que voy a hacer ahora. —Gin le tomó una mano a Charles, se la puso sobre la cabeza y le hizo acariciar su desgracia—. ¿Sientes eso, papá? Como un fino terciopelo, ¿verdad que sí? Esa es la textura de la inocencia arruinada, de la violencia humana, de la guerra.

Los ojos de Charles, más vivos que nunca, lagrimaban.

Más tarde, esa noche, Helmut Frank y Gin descansaban en su habitación cuando alguien abrió de golpe la puerta. En la mesilla junto a la cama del comandante, una vela titilaba en agonía, pero la persona tardó en cruzar el umbral, permaneciendo en la penumbra del pasillo. Helmut Frank y Gin presenciaron el milagro desde sus respectivas camas: Charles Laval entraba con naturalidad en la habitación, cerraba la puerta detrás de sí, se aproximaba a la cama de Helmut Frank, alcanzaba la pistola sobre la mesilla de noche, apuntaba al comandante, decía: «*Au revoir*» y disparaba tres veces.

Con el brazo aún estirado y sin soltar el arma, Charles miró a su hija, que, sobresaltada, se había sentado en la cama. Mientras el estruendo continuaba rebotando en los muros de la habitación, se empezó a propagar el seco olor a pólvora. Sus rostros enfrentados como espejos, padre e hija lucían igual de pasmados; ambos tenían la boca y los ojos bien abiertos, y el pecho les palpitaba con agitación.

La sangre se esparcía en la cama de Helmut Frank.

Pronto se oyeron unos pasos apresurados, pero Gin y Charles se quedaron congelados en la misma postura. La puerta se abrió latigueando como un trueno. Allí estaba Kurt Fischer, sosteniendo su pistola por delante, uniformado a pesar de la hora.

—Pero qué diablos —dijo al ver el cuerpo del comandante.

Solo entonces Gin y Charles rompieron el hechizo de sus miradas y se volvieron hacia el cabo. Sobre la mesa de noche, la vela titilaba las últimas luces de su vida. En cuanto distinguió lo que resplandecía al final del brazo de Charles, Kurt Fischer perfiló el cañón de la pistola y la accionó una, dos veces, y luego otra vez y otra y una más. Charles cayó al suelo primero sobre las rodillas, apoyo que le permitió girarse hacia su hija por última ocasión y mirarla. Después se desplomó de bruces.

Gin tuvo el reflejo de levantar las manos, pero Kurt Fischer enseguida bajó el arma. Con la cabeza calva, el rostro pálido y la respiración excitada, la embarazada era una auténtica encarnación de la inocencia.

90

Desde finales de febrero de 1916, en las colinas de Verdún, franceses y alemanes luchaban en la que se iba a convertir en la batalla más larga de la Gran Guerra. El combate era reñido y los territorios en disputa cambiaban de bandera con el ritmo de la semana; muestra de ello fue la aldea de Vaux, cuyo control pasó de un ejército a otro trece veces durante el mes de marzo. Allí mismo, en junio, una paloma francesa entregó de milagro en la retaguardia el último mensaje de los defensores de un fuerte y la hazaña le valió la Legión de Honor.

Doscientos kilómetros al noroeste, el primero de julio, fuerzas compuestas por británicos y franceses efectuaron la mayor ofensiva hasta entonces vista en el frente occidental. De hecho, ese día iba a pasar a la historia como el más sangriento en los años de la guerra, la Gran Guerra. La batalla del Somme, como había de conocerse por la ubicación, duró cuatro meses y medio; en ella se enfrentaron alrededor de tres millones de soldados, y las bajas totales, entre muertos y heridos, rebasaron el millón. La batalla fue testigo de una importante acción en el aire, así como de la primera intervención en la historia militar de los tanques de combate, un logro de los británicos.

La maquinaria de la guerra estaba llegando a su máximo desempeño. El campo de batalla presenciaba auténticas masacres y las tropas vivían días cada vez más atroces. La dimensión de las batallas suponía conquistas trascendentales para el vencedor. La Gran Guerra entraba en una fase a todas luces decisiva.

91

Una noche en el molino, a mitad de un apasionado y silencioso amor, Jules enterró el rostro en el pecho de la mujer y empezó a besarle el cuello. Lo hizo sin pensarlo: recorrió con los labios su garganta, sus orejas y su barbilla. La salinidad de esa piel era ligera y efervescente. Ella pareció disfrutarlo al inicio, pero él vislumbró la mirada celeste de Gin y se enajenó en su imaginación. Pasó un largo rato paladeando la salinidad de la mujer, hasta que ella, extrañada por la obsesión, se apartó por completo.

La visión de Gin se evaporó.

La mujer se pasó la mano por el pecho y el cuerpo, y le dirigió una mueca de contento a Jules. Él murmuró algunas disculpas, que fueron volviéndose besos, que fueron volviéndose mordiscos, y ella soltó afónicos gritos de placer.

Jules About no pronunciaba el nombre de la mujer porque no lo conocía.

92

A bordo de la motocicleta, Jules About se dirigía hacia el frente cuando de pronto comenzó a caer una lluvia de descargas y tuvo que refugiarse en los escombros de un pueblo próximo. Era verano. Apenas se internó en las calles, observó que algunos soldados británicos entraban a una pequeña iglesia; Jules detuvo la motocicleta y los siguió. La iglesia, como el resto de las construcciones aledañas y como el resto de los pueblos del frente de batalla, estaba en ruinas; la bóveda se había derrumbado y en el altar principal había agujeros tan grandes como pórticos, pórticos que miraban al cielo.

Una veintena de hombres, dispersos por el recinto, esperaban en reposo a que los cañonazos se detuvieran. Jules About avanzó por los escombros de la nave y se sentó en el suelo, bajo el púlpito. A pesar del ruido de los impactos, se propuso cerrar los ojos y rememorar la experiencia de volar en avión. La imagen de las alturas la conservaba intacta.

Minutos más tarde sintió que alguien se acuclillaba delante de él.

—No lo puedo creer. Jules, ¿eres tú?

La voz era inconfundible. Jules sonrió incluso antes de abrir los ojos.

—Benjamin —respondió, pero tenía la garganta tan seca que la palabra salió a medias. Enseguida tragó saliva y volvió a decir—: Benjamin.

Allí, en el suelo, bajo el cielo abierto, resquebrajado de la iglesia, los antiguos compañeros se abrazaron.

—Jules About, por Dios. Qué día.

Llevaban sin verse un año y medio, pero se pusieron al corriente con unas cuantas frases.

—Yo sigo oyendo al enemigo.

Entre soldados no era necesario explayarse demasiado.

—Yo sigo con las palomas.

Era plausible asumir que el otro había visto cosas igual de terribles.

—Una lástima lo del escuadrón, Jules. Nos la pasábamos bien, ¿no es verdad?

—¿Sabes algo de Cecil?

—Una lástima el modo en que terminó todo. Piper, los alemanes, la Nochebuena.

—Una lástima, Benjamin.

—Y una lástima lo del sargen. La bebida, la destitución. ¿Te has enterado?

—Sí, una verdadera lástima.

Un cañonazo hizo temblar la tierra a sus pies. Guardaron silencio varios minutos para escuchar el ruido de los edificios desmoronándose alrededor.

Después Benjamin dijo:

—Una locura, la guerra.

—Ya lo creo.

—Hace unos días, no lejos de aquí me encontré con un grupo de soldados que se habían fastidiado, fastidiado como el demonio, Jules, y estaban decididos a no participar más en esta guerra.

—Así está la mitad del planeta, Benjamin.

—Pero este grupo de soldados tenía un plan. Se habían armado hasta los dientes y se dirigían a un antiguo fuerte en desuso. Allí, decían, iban a montar un nuevo gobierno, iban a fundar una nación soberana y antibelicista.

—Carajo.

—Con las armas que tenían defenderían sus ideales hasta la muerte, contra un ejército y contra otro. Estaban decididos, te lo digo. Habían desertado y ya marchaban hacia el fuerte. Casi me les uno.

—¿Y qué fue de ellos, Benjamin?

—Los alemanes los acribillaron sin derramar una gota de sudor, una mañana.

—Una locura, la guerra.

La lluvia de descargas fue alejándose, pero los soldados esperaron un tiempo para asegurarse. Sentados entre las ruinas, Jules y Benjamin platicaban.

—El año pasado volví a casa unas semanas.

—Qué maravilla.

—Allí estaba mi mujer, con la misma ropa de siempre, la misma sonrisa, un poco envejecida por la angustia, pero allí estaba, en la puerta, esperando mi llegada. Su estofado igual de bueno.

—Qué maravilla.

—Sin embargo, era distinta. No teníamos novedades ni recuerdos que compartir. No pudimos siquiera reírnos. El perro había muerto y la ropa del armario ya no me iba bien. Tuve que partir esa misma noche.

—Carajo, Benjamin.

—Carajo, en efecto.

Cuando dejaron de sonar disparos, Jules se puso de pie y dijo:

—Debo marcharme.

Benjamin se incorporó también.

—Claro —dijo—. Un hombre disciplinado. —Benjamin abrazó a Jules y, sin soltarlo, agregó—: A Cecil le dispararon. No hay mucho que decir. Era una tarde pálida y hacía frío. Pude despedirme.

—Lo lamento.

Tan pronto como se soltaron, Benjamin lo volvió a sujetar; esta vez fue un abrazo corto y menos estrecho. Al desprenderse, ambos sonreían con desgana.

—Hace unos meses me vi en una situación difícil y estuve a punto de comerme una paloma. Casi todos los muchachos de la unidad lo hicieron, pero yo me acordé de ti, Jules About, y no me atreví. Siempre que veo una paloma me acuerdo de ti.

Los soldados de la iglesia se alistaron para salir de vuelta a la guerra.

—Todas las especies de paloma son comestibles —dijo Jules—, pero aprecio el gesto.

Se estrecharon la mano.

—Jules, ¿no sientes que cada vez pasa más rápido el tiempo?

Fue la última vez que se vieron.

93

Tras lo sucedido con Charles Laval y Helmut Frank, el cabo Kurt Fischer se portó con dignidad: aclaró la circunstancia ante las autoridades alemanas y se encargó de que Gin y France salieran limpias de la investigación. Cuando el caso concluyó, Kurt Fischer abandonó la casa, pero cada tanto volvía para verificar que las Laval estuvieran bien y les llevaba algunas viandas como regalo.

Gin y France no tuvieron dificultad para ganarse la vida: poco a poco fueron rematando las existencias de la tienda y la bodega. En realidad no se hallaban del todo devastadas por la muerte de Charles: su partida había sido más audaz que su vida de abandono en los meses previos. Más bien seguían perturbadas por la premura y la violencia de los eventos. No sabían si debían admirar lo que había hecho Charles ni si debían celebrar el hecho de que el bebé fuera a nacer sin padre. Incluso a Gin la atormentaba el pensamiento de que quizá habría sido preferible permitir que Helmut Frank enviara a Charles a las trincheras. La situación era confusa sobremanera. Madre e hija, ambas viudas, vivían sin hablar mucho de lo sucedido porque creían que el tiempo se encargaría de darle sentido.

Tampoco hablaban del ataque que había sufrido Gin meses atrás. Aunque ya no contaban con la protección de los oficiales, creían que la gente las miraba con especial compasión ahora que estaban solas. Era como si la vida misma las hubiera castigado. En parte por proyectar esa imagen y en parte porque le gustaba, Gin continuó rasurándose la cabeza. Al parecer la medida funcionaba: quién sabe cuándo, dejó de escuchar ofensas al andar por las calles de Cambrai.

En el mes de julio nació un varón, rubio como Frank Helmut y delgado como Gin.

Una criatura de la Ocupación, un descendiente del enemigo.

Al tomarlo en brazos, Gin susurró:

—Nemo, tu nombre será Nemo, como el capitán.

Un hijo de la guerra.

94

Más de doscientas palomas británicas surcaban a diario los cielos en la batalla del Somme. La urgencia en el frente obligó a la sección de palomas a operar a todo vapor, día y noche. Se adaptaban a los movimientos fluctuantes de las tropas, trataban las lesiones de las aves, improvisaban remiendos en la logística de comunicación, repartían palomas en los puestos de defensa, supervisaban el programa de reproducción y transmitían los mensajes al cuartel general.

La batalla del Somme representó una especie de prueba final para el teniente Alec Waley y su metódica planificación. La sección, ya con cincuenta hombres adscritos, se había transformado en un organismo militar de primer orden. A pesar de los innumerables imprevistos de la guerra, el sistema no se detuvo nunca y la tasa de éxito con que las palomas entregaban los mensajes alcanzó el noventa y ocho por ciento.

Entre lo más emocionante de las responsabilidades de Jules estuvo la adaptación de las palomas a bordo de los flamantes tanques de combate. Las aves viajaban en el interior y eran liberadas por un portillo del lateral. Pero, tras unos ejercicios, los soldados habían notado que con frecuencia las aves parecían desconcertadas al volar, afectadas por los vapores del combustible. Dadas las circunstancias, en el capítulo correspondiente del manual, Jules recomendó el uso de canastas herméticas.

Para familiarizarse con el diseño de los tanques, Jules se trasladó a Saint-Omer y pasó una jornada entera haciendo pruebas. Conocer el interior del vehículo y hacer breves recorridos le causó una angustiosa sensación de encerramiento. Pensó que, si hubiera que elegir, preferiría pelear en los cielos. Aun así, quedó impresionado por la ingeniería. El blindaje, la movilidad todoterreno, la capacidad de destrucción: el tanque de combate iba a cambiar el curso de la guerra.

Así se lo dijo al teniente Waley al volver a la sección, en Hazebrouck, al cabo de la jornada.

—Me ha parecido muy singular la convivencia del blindaje y las plumas —añadió Jules.

—Hum —resopló Waley.

Fue lo más cercano a una risa que Jules le oyó jamás.

95

Una satisfacción profesional que vivió Jules en el periodo de la batalla del Somme fue la de aprovechar la capacidad de las noctívagas. Las palomas, que había entrenado con paciencia y devoción, las puso a disposición de un importante puesto de defensa en el frente, no sin antes compartir instrucciones precisas:

—Es vital mantenerlas alejadas de la luz del día. Hay que cubrir la jaula con una tela a todas horas. Con una tela de terciopelo, por ejemplo.

A lo largo de varias semanas, Jules terminó por ceder cada una de las palomas noctívagas que había criado. Eran alrededor de treinta. El puesto de defensa que las recibió las empleó para los mensajes más cruciales, lo que satisfizo en buen grado a Jules.

En los cuatro meses y medio de la batalla del Somme, las noctívagas cumplieron la totalidad de recorridos sin ningún incidente.

Una muestra de que lo que hacía valía la pena, de que marcaba una diferencia, de que aportaba un grano de arena para conseguir la victoria.

96

Hacia finales de octubre, un mes antes de que terminara la batalla del Somme, Jules About sufrió un revés a nivel personal. Sucedió una tarde en que visitó los molinos a las afueras de Hazebrouck tras una semana de ausencia. Como hacía siempre antes de acercarse, observó las construcciones unos instantes. En el viento podía detectar ya el presagio del frío invernal. Las aspas del molino del medio giraban con indiferencia y los chirridos que generaba el movimiento eran idénticos a los que hacen todas las cosas en abandono. Como de costumbre, por la entrada se insinuaba el fulgor de una vela, fulgor débil pero suficiente para llamar a Jules, para hacerlo andar a compás de su trayecto favorito.

Jules About entró al molino con un brazo por delante, sosteniendo un pequeño ramo de flores, pero cuando el resto de su cuerpo cruzó el umbral se encontró con que el espacio se hallaba vacío. Había desaparecido el equipaje, habían desaparecido los enseres, había desaparecido la mujer. Lo único que quedaba era un banco de madera, sobre el que reposaba la vela y un paquete envuelto en papel.

Nada más.

El resto del espacio lo ocupaba solamente el silencio; era como si la muda lo hubiera dejado atrás. Tumbado en el suelo, Jules About fijó la mirada en la llama de la vela y, sin darse cuenta, comenzó a llorar.

Antes de marcharse apagó la vela y tomó el paquete de papel. Al abrirlo, con el tacto percibió que se trataba de un par de calcetines de lana. «Carajo —dijo para sus adentros—, qué buena textura». Y entonces partió hacia la noche.

97

Concluida la batalla del Somme, Jules About tomó un mes de permiso y se trasladó al islote familiar.

En casa se encontró con una escena que le generó escalofríos: en la sala de estar, con las cortinas cerradas, Angèle y Thérèse quemaban laurel e interpretaban en voz alta las siluetas del humo; entre ambas, en una sillita, Adèle las contemplaba con unos ojos de animal nocturno. Lo que estremeció a Jules fue que su hermana, de un año y medio, actuara de un modo tan natural entre las sombras: la niña llevaba una corona de hojas en la cabeza y, mientras seguía con atención lo que las viudas proclamaban, le hacía caricias con los dedos a una paloma.

—Jules —dijo una viuda sin quitar la mirada del humo—, te esperábamos desde hace un rato.

—Vienes con particular gusto, nos lo ha dicho el laurel —dijo la otra.

A la distancia, Adèle lo estudió con los ojos espejados de los roedores.

—Angèle —dijo Jules, y la miró. Era todo lo que podía ofrecer como saludo en ese momento. Y enseguida hizo lo mismo con las demás—: Adèle. —Una breve pausa—. Thérèse.

Lo de que iba con gusto era verdad. A diferencia de la última visita el año anterior, ahora Jules padecía una resuelta avidez por estar en casa, con los suyos, y tomarse un respiro de la vida militar. De inmediato se zambulló en la rutina de remar y explorar los campos. Visitó el castaño de su remoto amor y lo volvió a dibujar desde varias perspectivas; para su satisfacción, algunas de las columnas de piedras que había levantado hacía dos años seguían en pie.

También recobró, aunque con cierta mesura, el hábito de acudir a la fábrica. Además de los trabajos para el Ejército de Francia, la fábrica había restablecido en parte la producción de terciopelo. Con el aumento de trabajadores, la quietud y el silencio quedaron proscritos. El aire volvía a parecerse al de la preguerra.

En su primera visita Jules se dejó guiar por su padre, que no paraba de recitar las novedades de la fábrica.

—La milicia me ha afilado el sentido de la disciplina —decía Maurice— y lo he estado aplicando en el perfeccionamiento de la operación.

Tras un rato, Jules dejó de escucharlo y se extravió en sus pensamientos. Reconoció que caminar entre las máquinas en marcha era uno de los gustos más honestos que conocía.

En casa Maurice había preservado el palomar en su gloria original, con la excepción de las volteadoras de las que se habían apropiado las viudas. Jules mantuvo la distancia: quería tomarse el descanso en serio, aunque fuera por un mes.

Para lo que sí se prestó fue para las conversaciones paternas de rigor. Todos los días, a menudo más de una vez, Maurice y Jules coincidían en la biblioteca y se ocupaban en la lectura compartida de libros, la discusión de temas científicos y la proyección financiera de la fábrica. Jules reparaba con claridad en el modo en que la edad afectaba el carácter de su padre, ahora más cerrado a la información nueva, más proclive a la irritación y más temeroso por el futuro de la familia. Durante su estancia en el islote se propuso permitir que Maurice se adueñara de las reuniones en la biblioteca, que llevara las conversaciones a los temas y conclusiones que a él le apetecieran. Ser un buen hijo, en ese momento de la vida, consistía en eso.

Invariablemente Maurice orientaba las reuniones hacia la pintura de las vanguardias europeas, pasión que lo había consumido por completo. Por aquel tiempo ya hablaba de los procesos de la simplificación y la abstracción, de algunas teorías del color y la forma y de la inminente transformación del lenguaje de las artes plásticas. Maurice había adquirido una decena de cuadros nuevos, todos de artistas emergentes a los que había conocido gracias a los pintores de la sección de camuflaje.

—Se trata de una genuina revolución —le dijo a Jules—, una revolución sin precedentes.

Pero lo que llevó la pasión de Maurice a una categoría superior fue que, desde hacía meses, él mismo había comenzado a pintar.

Junto al palomar, bajo un tinglado que había construido, Maurice le mostró sus creaciones a Jules. Cada pintura representaba una experimentación técnica distinta, evidencia de que Maurice seguía buscando su propia personalidad, su propio estilo; en algunas predominaban las líneas laberínticas, en otras el rocío de puntos y en el resto los cuerpos geométricos.

—No comprendo lo que veo, papá.

—Tienes que tratar de reconocer lo que hay detrás de lo que ves, hijo. Me he basado en distintos conceptos que hemos estudiado en la sección. La verdadera sustancia está escondida al fondo, camuflada.

Pero los trazos eran indescifrables para Jules. Mejor resultados obtuvieron sus tías un día en que, desesperado por la cortedad de su mirada, las condujo al tinglado.

—Esta es la catedral de Amiens vista a través de la espesura de un árbol —dijo una mientras le echaba un vistazo rápido a la colección.

—Esta es la fábrica de terciopelo bajo el agua —dijo la otra apenas puso la mirada sobre un cuadro azul cobalto.

—Carajo —dijo Jules—, continúen.

Más tarde, en la biblioteca, Maurice ratificó que las interpretaciones de Angèle y Thérèse eran correctas sin salvedad.

—Los principios del camuflaje son indiscutibles, Jules. Qué mejor entorno para comprobarlo que la guerra. Todos los proyectos de la sección están teniendo un éxito brutal en el frente.

El descanso también le sirvió a Jules para acercarse a Claire y Adèle, que pasaban la mayoría del tiempo juntas, y tratar de recuperar los meses de separación. Claire seguía trabajando la huerta, que no paraba de cosechar temporada tras temporada, aunque su afán horticultor se había eclipsado por el súbito talento que Adèle había desarrollado en el canto. La niña apenas podía hilar unas cuantas palabras, pero los alcances de su canto eran notables: si bien aún no podía emprender una tonada por cuenta propia, sin falta acompañaba a Claire cuando esta se ponía a cantar. Examinándola con su visión nocturna, Adèle la imitaba, la remedaba, la duplicaba. Al margen de que aún le costaba articular ciertas sílabas, gozaba de unos pulmones sin fondo y de una firme tenacidad.

—La voy a convertir en una gran intérprete —decía Claire—. El talento le viene natural. Tiene la voz de mi abuela.

Celebrado el Año Nuevo, Jules About se reincorporó a la sección de palomas. El mes en el islote lo había cargado de una energía ostensible. Se sentía descansado y en la mejor disposición para continuar con el trabajo militar. Volvía ahora al frente bien armado.

Contaba con los cuadros de su padre.

Las tonadas de su madre.

Los presagios de sus tías.

El sosiego de su hermana.

Los dibujos del castaño.

La textura del terciopelo.

Era el mes de enero y el transcurso de la guerra cada vez se precipitaba más, como un remolino hacia el fondo de la tierra.

La vida de 1917 había comenzado.

98

El día que cumplió veinte años, Jules About se adjudicó una serie de diligencias y, a bordo de la motocicleta, salió a primera hora del antiguo colegio en Hazebrouck. Aparte de esas gestiones de la sección de palomas, la misión cardinal de la jornada fue otra, una personal y sencilla: conducir. Con el acelerador a fondo, en la retaguardia, se enfiló hacia el sur. Atravesó poblados devastados, gélidos bosques, solitarios caminos. La vibración del motor y el paisaje invernal creaban la oportunidad perfecta para la introspección. Si lloró durante el paseo, no pudo enterarse: la velocidad le barría el rostro como un pañuelo.

Cuando por fin se cansó, quién sabe tras cuántos kilómetros, se detuvo a orillas de un riachuelo y se sentó a la sombra de un árbol. Más abajo en la ribera, una tropa de caballería también tomaba un descanso y atendía a los animales. El bigote crecido, polainas hasta las rodillas, armados con lanza y rifle, los veinte hombres le generaron una especial simpatía porque tenían la cabeza cubierta por una tela. Al cabo de unos minutos de escrutinio Jules se puso de pie, recolectó algunas piedras y comenzó a apilarlas en equilibrio junto al agua.

—¿Dónde has aprendido eso? —oyó a sus espaldas.

—Es una tontería —respondió y enseguida se volvió hacia quien le hablaba.

Era él.

Como un milagro.

Piper.

—Una tontería que aprendí aquí, en la guerra —añadió Jules.

—Increíble —dijo el otro.

—Sí.

—Me gustan esas cosas, las que se aprenden por allí. Hace un tiempo un soldado me enseñó a memorizar el orden de un mazo de naipes. Una tontería.

—Sí.

—El truco es asignarle un sonido a cada uno de los naipes, de modo que escuches una melodía cuando se tiran sobre la mesa.

—Increíble.

El mismo rostro, la misma voz, la misma agudeza.

—Mi nombre es Jules.

—Yo me llamo Naik.

Platicaron en la orilla del riachuelo. Jules habló sobre la sección de palomas y Naik sobre el cuerpo de Caballería al que pertenecía, pero a continuación, como si hablar de la guerra no fuera interesante, compartieron sus intereses personales. Jules habló sobre el terciopelo y el naturalismo y Naik habló sobre la grafología, arte que le interesaba desde años atrás.

—No se interpreta la mano, sino lo que dibuja la mano —explicó Naik—. Es una ciencia compleja.

—Interesante.

—Las formas de la escritura revelan la naturaleza del alma. Se ha estudiado desde la Edad Media.

—Ya —dijo Jules aún asombrado con la aparición del soldado que había visto morir.

—Pero ahora estoy trabajando en algo nuevo, algo propio. El estudio de nudos. Yo te doy dos cordones y tú los atas libremente, cuantas veces quieras. Cuando terminas, me los devuelves y yo los desato, analizando lo que veo, analizando las características de tu persona.

—Entiendo. En este caso los cordones son como la tinta.

—Exacto —dijo Naik. En eso introdujo la mano a un bolsillo de su chaqueta y extrajo dos cordones como de zapatos—. ¿Quieres intentarlo?

Jules aceptó. Tomó los cordones y empezó a atarlos.

—Trata de no pensar —dijo Naik—. No hay decisiones equivocadas.

—¿Cómo sé cuándo he terminado? —dijo Jules.

—Lo vas a saber.

Después de una decena de nudos, Jules le entregó los cordones a Naik. Él sacó de otro bolsillo un pequeño cuaderno y un lápiz, con los que, conforme fue desenredando la atadura, hizo algunos apuntes. Ni siquiera los nudos más apretados le costaban trabajo: las manos de Naik operaban una franca magia sobre los cordones, cual si arrancaran pétalos a una flor. Si en ocasiones se demoraba con un nudo en particular, era para observarlo a conciencia. Naik no pronunció palabra hasta separar los cordones y volver a leer lo que había escrito; entonces tomó aire, miró a Jules a los ojos y soltó su interpretación.

Eran las palabras más bellas y sencillas que Jules About había escuchado jamás. A pesar de que algunas cosas las consideraba verdaderas y otras no, evitó reflexionar en ello. Se dejó llevar por la música del discurso y, sobre todo, por la fortuna de volver a encontrar el rostro de su amigo. Pensó en sus tías y su madre, cuya fe había criticado, invalidado, refutado, e intuyó que, más allá del rigor científico en que él creía, las artes adivinatorias del tarot y la piromancia poseían cierta belleza.

Cuando Naik terminó de articular su análisis, le preguntó a Jules:

—¿Qué te ha parecido?

Jules se limitó a decir:

—Realmente tienes algo entre las manos, Piper.

Naik se estremeció un instante, pero al siguiente pareció comprender la situación. Jules entonces le habló del escuadrón del sargento Harold Thomas, de su amistad con Piper, de los compañeros Benjamin y Cecil, del depósito de trenes. Luego se formó un silencio entre ambos y escucharon el sonido del agua del riachuelo y el relincho de los animales.

—Piper murió el 24 de diciembre hace tres años —dijo Jules al fin—. Una patrulla alemana nos sorprendió en el frente.

—Ya veo.

—Un disparo en la cabeza.

—Mi hermano.

Minutos más tarde Naik partió con la tropa montado en un fuerte alazán. Jules le regaló un dibujo que llevaba consigo del castaño, rodeado de columnas de piedras, y Naik le devolvió el gesto con los dos cordones de su arte.

Así transcurrió el cumpleaños número veinte de Jules About.

99

Aunque dejó de rasurarse la cabeza, Gin mantuvo la cabellera más corta que cualquier otra mujer que conociera. La nuca y las orejas descubiertas, apenas un mechón sobre la frente, la nueva forma de su pelo le remarcaba las líneas del rostro, efecto que le suministraba una dosis de elegancia a su perfil. A los dieciocho años, tras la experiencia de la maternidad y los percances de la guerra, Gin Laval cargaba ya con un aire de adultez, de expresa mujer, de suspicacia veterana.

A un año de la muerte de Charles y Helmut Frank, la casa se había vuelto un museo de silencio y soledad. Ni siquiera la feliz presencia de Nemo mitigaba la sensación de que en aquel hogar, de habitaciones sin abrir y muebles sin usar, había ocurrido una desgracia. Acaso por ello, Gin y France se animaron a abrirles las puertas a niñas y mujeres necesitadas de una sopa o un techo. La situación económica de las Laval no era holgada ni mucho menos, como la de nadie en Cambrai, pero podían compartir lo que tenían con más de una persona. Cuando la disponibilidad de alimentos disminuyó en la región, se volvió más frecuente que tocaran a su puerta pidiendo ayuda, sobre todo mujeres que, como ellas, se hallaban solas en la vida. No ofrecían más que la modestia de sus alimentos, y solo en ocasiones extremas la de su cama, y de todos modos, para la persona en apuros, aquello representaba un regalo del cielo.

Gin encontró un camino de regreso a la escritura. Por las tardes, cuando France se hacía cargo de Nemo, se dirigía a la bodega, ahora ya reducida a la mitad, y se ponía, más que a narrar, a describir. Como había agotado la variedad de telas a su alrededor, decidió que los ejercicios de descripción se extenderían a otro tipo de materiales. Porque eso sí: estaba segura de que había de concentrar sus esfuerzos en la textura de las cosas, algo específico, como el follaje de las plantas o el pelaje de los animales; de lo contrario, si se lanzaba a describir cuestiones mayores, como paisajes o acciones, sería inevitable pisar los terrenos de la narración, hecho que quería evitar a toda costa, al menos de momento. Algún día, pensaba, volvería a la ficción, y entonces los ejercicios le serían de utilidad.

De este modo comenzó a describir, calle por calle, las construcciones de Cambrai.

100

En el mes de abril Maurice se desplazó al frente con una decena de hombres del taller de camuflaje de Amiens. Su estancia, que había de prolongarse cuatro noches, tenía el propósito de poner a prueba algunas de las invenciones que habían desarrollado en los meses anteriores. Entre ellas destacaban unas cabezas de papel maché que podían usarse para despistar a los francotiradores enemigos y descubrir su posición; una gran manta de colores arenosos que se extendía para permitir, en su revés, la huida de las tropas, y un uniforme con la trama escamosa de las serpientes. Además, la expedición de camuflaje llevaba consigo nuevos modelos de árboles de observación, toldos que pasaban desapercibidos para la fotografía aérea, falsas rocas para resguardar a francotiradores y armas pintadas con patrones cubistas, innovaciones que pasarían por su propio bautismo de fuego.

Puesto que había sido su idea, la prueba que más le emocionaba a Maurice About era la de la manta de colores arenosos, grande como la escenografía de una obra de teatro. De principio a fin, el proyecto lo había concebido él. En la fábrica había supervisado la confección del lienzo, cuyas medidas y material escogió sin consultar a nadie. Luego, en el islote, bajo el tinglado, se había consagrado durante semanas al dibujo del camuflaje; el resultado fue un conjunto de manchas y líneas arenosas que, según él, desaparecerían en el horizonte de la guerra. Quedó tan orgulloso de su diseño que un día, en la mesa familiar, dijo: «Es la primera obra de valor que he creado». Claire no opinó nada, pero Angèle y Thérèse manifestaron estar de acuerdo. «Es como ver un lejano espejismo —dijeron las viudas—. Como ver un retrato de la nada». Por último, Maurice se había encargado de ingeniar y construir una estructura de madera, plegable y ligera, que extendería, como caballete, la manta.

El tercer día de la expedición, un día airoso y nublado, realizaron la prueba. Maurice y sus compañeros se ubicaron en una trinchera contigua a la tierra de nadie. Como habían obtenido buenos resultados los días anteriores, entre ellos gobernaba la confianza, más aún por el entusiasmo que emitía Maurice, un entusiasmo enajenado por lo demás, uno que poco tenía que ver con la guerra y que más bien provenía de una vena artística. Atrincherados, la decena de hombres aguardaron a que el sol se alejara del cénit y se pusieron a trabajar. Ensamblaron la estructura de madera, ajustaron la manta y la fueron elevando sobre la tierra hasta que la obra maestra de Maurice quedó expuesta por completo. Entonces sobrevino la angustia de la espera. Era verosímil que en cualquier segundo, en cuanto advirtieran el lienzo, los alemanes dispararan, por lo que ningún hombre se atrevió a asomar la cabeza. Sin embargo, para sorpresa de todos, pasaron los minutos y no se registró ningún disparo. A pesar del viento, la gran manta permanecía en perfecta tensión y disimulo.

Al cabo de una hora, para verificar que los alemanes vigilaban el horizonte, los hombres asomaron un par de cabezas de papel maché sobre el parapeto, unos pasos más allá de la manta. Poco después retumbaron tres disparos: el primero falló, el segundo alcanzó en una oreja a uno de los modelos y el tercero atravesó por la nariz al otro.

—Carajo —dijo Maurice—, la manta funciona.

Los hombres de la sección de camuflaje no pudieron contener un breve, amordazado vítor.

Maurice decidió dejar la manta subida media hora más para asegurarse del éxito del camuflaje. En ese periodo habló con los hombres sobre la posibilidad de extender, en un futuro, una manta tras otra, creando un muro de invisibilidad. En el brillo de su mirada, así como en la cadencia de sus palabras, los hombres percibieron un claro atisbo de delirio, pero no era algo extraño: mucho de lo que sucedía y se decía allí, en el frente, exhalaba ese mismo delirio.

Pasada la media hora, ningún disparo de por medio, los hombres comenzaron a bajar la manta. Asaltado aún por el entusiasmo, Maurice se atrevió a echar un vistazo sobre la tierra, pero no pudo ver nada más que una niebla amarillenta. Creyendo que la mente lo traicionaba, se restregó los ojos con fuerza y volvió a asomarse. La niebla seguía allí, multiplicada y multiplicándose, y no solo eso, sino que avanzaba hacia él con el empuje del viento. Maurice no se pudo mover. Cautivado por las bellas formas del humo, mantuvo su postura hasta que la niebla lo golpeó en el rostro y se dejó caer de espaldas en la trinchera.

Cuando volvió en sí, el aire se había despejado en cierta medida. Distinguió a sus compañeros acostados pecho a tierra, unos con máscaras antigás y otros con cualquier prenda sobre la cabeza. En cuanto comprendió lo que ocurría, Maurice sintió la urgencia de imitarlos, pero no halló a su alcance nada con qué protegerse. Tuvo el violento impulso de cavar un agujero con las manos y no se cuestionó un solo instante: comenzó a escarbar con desesperación, arañando la tierra como una bestia. Los hombres lo dejaron hacer en completo silencio, volviendo la mirada hacia su propia desgracia.

Lo que por fin detuvo a Maurice About no fue el hecho

de que había perdido varias uñas y las manos le sangraban, sino la irrupción de una tos profunda y arrebatada que lo tumbó bocarriba. Así, como un escarabajo atascado, escupió a ambos lados, maldijo una y otra vez y lanzó patadas al aire. A lo lejos se oían gritos en alemán.

Solo cuando pudo controlar la tos, Maurice reparó en la exquisitez del cielo. El aire se había despejado, el viento seguía soplando, el sol se tornaba cobrizo: el cielo era un mural impresionista.

101

En marzo, en el noreste de Francia, los alemanes realizaron una retirada estratégica de varios kilómetros hasta la Línea Hindenburg, un formidable sistema de trincheras. En el territorio liberado, las tropas aliadas se encontraron con un nivel de destrucción total. Poblados y campos, caminos y puentes, personas y animales, los invasores habían acabado con todo.

En Rusia el emperador Nicolás II abdicaba del trono marcando el final de la dinastía Romanov. En un hotel de los Campos Elíseos, en París, la bailarina Margaretha Zelle, más conocida como Mata Hari, había sido arrestada y acusada de espiar para los alemanes. En abril, casi tres años después del asesinato de Francisco Fernando de Austria, Estados Unidos entraba en la contienda con una declaración de guerra a Alemania; Cuba y Panamá, sus aliados, hacían lo mismo al día siguiente. Lenin llegaba en tren a la ciudad de Petrogrado tras dieciséis años en el exilio, y en la provincia de Flandes Occidental el escritor alemán Erich Maria Remarque era enviado por primera vez a las trincheras.

A finales de mayo hubo una ola de deserciones en los cuerpos del Ejército francés apostados en el frente occidental, pero el general Pétain supo contener el amotinamiento; por un lado, ordenó mejoras inmediatas en las condiciones de los soldados y, por el otro, castigó con trabajos forzados y fusilamientos a los principales insubordinados. Esos días una oportuna noticia terminó de levantar el ánimo de los soldados: las primeras tropas estadounidenses habían llegado a Francia.

No lo parecía aún, pero era el principio del fin.

102

Un rumor circuló por Cambrai en la primavera de 1917, un rumor que esperanzó el alma de Gin Laval: los aliados estaban lanzando desde los cielos canastas con palomas mensajeras. Se decía que algunos vecinos habían compartido información por este medio y que días después habían caído bombas sobre los blancos revelados. Durante semanas cundió el pánico en la Administración invasora, obligada a reubicar depósitos de armamento y a reparar vías de comunicación.

Gracias a una de las mujeres que albergó y alimentó en su casa, Gin escuchó el caso de una persona que había recibido una canasta.

—Hace dos noches, un ruido en el tejado de su casa despertó al señor Jobert —le dijo la mujer a Gin—. Cuando salió a ver de qué se trataba, encontró la canasta del Ejército aliado y la resguardó en el sótano. Verás, el señor Jobert fue policía en su juventud.

—¿Sabes si todavía tiene la canasta?

—Me parece que sí, y también las dos palomas que venían dentro. Antes de soltarlas el señor Jobert quería hacer algunas investigaciones sobre las tropas alemanas.

En cuanto obtuvo la dirección del domicilio del señor Jobert, Gin salió a la calle y se dirigió hacia allí. Quería examinar la canasta con sus propios ojos. No sabía con exactitud qué era lo que buscaba, pero sin duda tenía que ver con

Jules. Albergaba la esperanza de encontrar algún rastro de él, cualquier mínima señal. En el trayecto tuvo la clara sensación de estar realizando algo prohibido. Cada vez que doblaba una esquina, miraba sobre su hombro: todas las pisadas sonaban como las del invasor.

Cuando llegó al domicilio, Gin encontró a dos soldados alemanes en la puerta haciendo guardia, con una docena de curiosos alrededor. «Pobre del señor Jobert», escuchó. Gin quiso dar media vuelta y volver a casa de inmediato, pero creyó que quizá levantara alguna sospecha. Prefirió acoplarse al grupo de curiosos y esperar un rato. Dentro de la casa se oyó el azote de puertas, el destrozo de cristales y la caída de objetos al suelo.

Minutos después un pelotón de soldados sacó de la casa a rastras al señor Jobert. El anciano tenía el rostro ensangrentado y había perdido la conciencia. Lo subieron con brusquedad a una furgoneta y despejaron el área. «Pobre», decían una y mil veces los curiosos, que poco a poco se fueron dispersando. Gin volvió a casa con el cuerpo helado y con la esperanza hecha trizas.

Los días siguientes se esparció por Cambrai el rumor de que, una vez enterados de la situación, los alemanes habían plantado señuelos por la ciudad: canastas con aves que volaban a sus propios palomares. A lo largo de la primavera hubo varios arrestos relacionados con la posesión ilegal de palomas; algunos fueron resultado de investigaciones, pero en su mayoría los arrestos correspondieron a quienes, como el señor Jobert, habían caído en la trampa del enemigo y habían cometido el error de escribir sus datos en los mensajes enviados.

103

Jules visitó el islote familiar un par de semanas después del accidente de su padre, una vez que este había sido dado de baja del Ejército y había vuelto a casa de forma permanente. Según el propio Maurice, no había perdido la vista, sino la exactitud.

—Una neblina se ha instalado en mis ojos —le dijo a Jules—. Veo sombras, mas no figuras. Contornos, mas no volúmenes. Por lo menos me queda el consuelo de los colores. Ahora veo el mundo pintado en acuarela. Si fuera un sueño, sería bellísimo.

La discapacidad visual lo empujó con premura a una rotunda vejez. Un gris deslavado había teñido el iris de sus ojos y sus movimientos se habían hecho lentos. Aunque dominaba a cabalidad los espacios de la casa y la huerta, Maurice se vio obligado a utilizar un bastón, sobre todo para mantener el equilibrio.

—Se camina con los ojos, hijo, no con las piernas.

Pero de todas las señales de su vejez, la más clara era la del silencio, como si la ceguera también lo hubiera enmudecido. De la noche a la mañana Maurice se volvió tan introspectivo como el que más; miraba alrededor, reaccionando a las luces y sonidos del islote, pero algo en su talante sugería que tenía la atención dirigida hacia dentro. Incluso en las pláticas que sostuvo con Jules durante su visita, Maurice se mostró más callado de lo común, interesado en las palabras de su hijo y dispuesto a dialogar por el solo gusto de hacerlo, sin buscar conclusiones categóricas.

Asimismo, la ceguera le había arrebatado las mayores pasiones de su vida. Ya no podía leer, ni pintar, ni hacer entrenamientos con las palomas, ni trabajar en la fábrica. Ahora se pasaba las horas palpando los libros de la biblioteca, rozando el sutil relieve de las pinturas, acariciando a las aves en el palomar y examinando con las yemas la producción del terciopelo. El resto de los sentidos se le habían aguzado también, pero el tacto se convirtió en poco tiempo en su principal conducto con la realidad. Maurice hubo de pasar las manos hasta por el último recoveco del islote y componer en la mente un nuevo inventario de las cosas. Fue entonces cuando reparó en la temperatura de los materiales, que variaba tanto como la textura y el color.

La intensificación del tacto también se extendió a su dormitorio, donde redescubrió por milésima ocasión el amor junto a Claire. Las sábanas y la piel, las lágrimas y el sudor, las cicatrices y la tersura, a fuerza de curiosidad y obstinación, las sensaciones de la intimidad se le revelaron a Maurice con toda transparencia. Allí, en la cama conyugal, fue necesario de igual modo recomponer un inventario, el inventario del placer.

Durante su visita, cada día, Jules se sentó junto a su padre en la sala de estar y escucharon a Claire y a Adèle cantar. Antes del accidente Maurice no se prestaba para los recitales, ensimismado en las labores de la sección de camuflaje o en la pintura, pero ahora asistía a ellos con ánimo; ocupaba su lugar, descansaba las manos sobre el bastón, cerraba los ojos y se entregaba a la melódica voz de su mujer y su hija. Jules lo miraba fascinado: el accidente lo había hecho más humilde y abierto, y casi podía decirse que feliz.

Maurice era un hombre reformado en tal grado que incluso se propuso comprender mejor las artes de Angèle y Thérèse, quienes lo recibieron con los brazos abiertos.

—La ceguera es el ingreso a la adivinación por excelencia —le dijeron.

Aunque creía que lo hacía por curiosidad intelectual y no por convencimiento, Jules presenció, antes de regresar a Hazebrouck, una de las primeras profecías de Maurice con la piromancia, frente al humo aromático del laurel. Ocurrió en la sala. Las cortinas cerradas, una multitud de velas, las palomas volteadoras paseándose a su antojo: las viudas ambientaron la sesión como cualquier otra. Angèle encendió una rama de laurel y sopló con ímpetu para vivificar el humo. Mientras, Thérèse le indicó a Maurice:

—Cierra los ojos y permite que el humo te acaricie el rostro. Respira el aroma. Cuando sientas que es el momento oportuno, abre los ojos y dinos lo que ves. No pienses mucho.

Maurice iba a decir algo, pero Angèle se adelantó:

—No te preocupes. Sabrás reconocer el momento oportuno.

La viudas le acercaron la rama humeante a Maurice y él aspiró con fuerza.

—Veo banderas rotas, pólvora mojada, coronas oxidadas —dijo con toda seriedad al abrir los ojos un minuto después—. Veo muerte y sufrimiento, pero veo celebración y tranquilidad. Veo el anochecer y veo el amanecer. —Asintió con la cabeza—. A esta guerra no le queda más de un año.

104

En octubre, en el bosque de Polygon, en el área de Ypres, se desató una feroz batalla entre británicos y alemanes. Bajo la dirección del teniente Waley, la sección de palomas asistió con especial esmero a las tropas británicas: las comunicaciones telefónicas y radiofónicas habían caído por completo. Durante una semana los hombres de la sección no descansaron y estuvieron más expuestos al fuego enemigo que en ningún otro periodo de la guerra.

El quinto día, Jules About se acercó al centro de la batalla para entregar palomas frescas y descubrió que el frondoso bosque había sido destrozado por la artillería. Los ejércitos estaban usando sus armas más mortales: aviones, ametralladoras y gas. De un lado habían matado a varios soldados que ondeaban una bandera blanca y del otro habían matado a prisioneros. Aquello no era ya una guerra entre hombres, sino entre bestias. Los ataques no obedecían a ningún horario: a todas horas sonaban los disparos.

En el reparto de aves, entre tantos hombres heridos, Jules se cruzó con uno al que conocía: Dussollier. Estaba tirado en el suelo, agonizando. Tenía varias perforaciones en el pecho, y la sangre le brotaba a borbotones. Un par de enfermeras atendían al grupo de heridos entre los que se hallaba Dussollier, pero era evidente que no había nada que hacer por este último. Jules lo tomó de la mano y se quedó allí, viendo cómo la vida se desvanecía de su cuerpo. En su agonía, Dussollier murió sin enterarse de que a su lado estaba Jules, llorando.

Además de Dussollier, al cabo de la semana dos hombres de la sección perdieron la vida en el bosque de Polygon. Eran las primeras bajas que sufría la sección. La muerte era una divisa cotidiana, pero el teniente Alec Waley y sus hombres lamentaron el hecho con pleno desconsuelo. A pesar de la jerarquía y la disciplina recalcitrantes, la sección se había tornado una especie de familia, un grupo hermético, una pandilla de locos que apreciaban la importancia de trabajar con palomas en la guerra, aun ahora que la telecomunicación había llegado al mundo.

Fue en esos días de luto cuando, por primera vez, Jules About experimentó un genuino titubeo sobre su participación en la guerra. De pronto tuvo el deseo de volver a los Hortillonnages y esperar la llegada de la paz. De vuelta en Hazebrouck, tanto en la oficina como en el dormitorio, repasaba una y otra vez el manual de la paloma, y entre más lo hacía, más se convencía de que todo aquel conocimiento, toda esa palabrería, no valía siquiera lo que un hueso de los compañeros que había enterrado días atrás. Jules tuvo la sospecha de que, bajo su mirada flemática de sabueso, el teniente Waley estaba padeciendo el mismo desencanto que él; sin embargo, la operación de los palomares y el reparto de aves en el frente no podía detenerse un solo día: había que levantarse a diario y cumplir con las obligaciones, sin cuestionarse nada. Eso era la guerra: aplacar el juicio individual en favor del interés oficial.

Después de tres años de su puesta en marcha, la tarea principal de la sección era criar palomas; con la agilización de las tropas en el frente, la transmisión de mensajes corría ahora, en buena parte, a cuenta de cada batallón, que ubicaba en la retaguardia su propio palomar. Había sectores que seguían bajo la responsabilidad de la sección, pero el ajetreo había disminuido de modo considerable. Lo primordial era seguir abasteciendo los palomares móviles.

A pesar de todo, la bestial guerra no dejaba de presentar los obstáculos más singulares. Hacia el final del año, por ejemplo, Jules About y el teniente Alec Waley tuvieron que lidiar con un problema inusitado: los alemanes habían empezado a entrenar halcones para interceptar palomas mensajeras en el frente.

105

Jules decidió no ir a casa para las Navidades de 1917. Aunque lo deseaba, aquellos no eran tiempos para tomarse un descanso. El teniente Waley había recibido indicaciones de prepararse para una posible arremetida de los alemanes en el primer semestre de 1918, acaso la mayor en todos los años de combate. Y es que, con la inminente salida de Rusia de la guerra, los alemanes tendrían la oportunidad de desplazar un millón de hombres desde el frente oriental al occidental, cuestión que mantenía una constante tensión entre las tropas aliadas.

Por lo demás, Jules había atravesado el mes de noviembre y el inicio de diciembre con el ánimo por los suelos, tras la noticia de que fuerzas alemanas y británicas habían entablado una feroz batalla en los alrededores de Cambrai. Un cuarto de millón de soldados de cada bando, más de trescientos tanques de combate británicos, veinte días de acción incesante, el derramamiento de sangre en Cambrai se esparció por todos los medios de comunicación. Aunque no escuchó nada sobre ataques dentro de la ciudad, a Jules se le agrietaba el pecho de tan solo imaginar a Gin viviendo en ese entorno, sintiendo el fragor de los cañones en el cuerpo; el pensamiento de que hubiera muerto lo desmoronaba por completo.

Por más que añoraba la tranquilidad del islote, era superior su apetencia de soledad. Con el temperamento caído, pensaba, le sería insoportable fingir en beneficio de la convivencia familiar. Lo que en realidad le hubiera gustado hacer era enclaustrarse en su dormitorio, cerrar las ventanas y cortinas, meterse en la cama una semana entera y limitar su existencia al reino de los sueños. Sin embargo, no quería, primero, abandonar al teniente Waley en la preparación de las aves ni, segundo, herir o preocupar a sus padres. Temía que si, en efecto, visitaba el islote y lograba hacer las cosas a su antojo, no saldría de la cama jamás, aunque la casa se prendiera en llamas.

Para ese diciembre su trabajo con las palomas se había vuelto mecánico. Había perdido el aliento y la inventiva de otros tiempos: ya no había tácticas ni métodos por idear. Las palomas no eran nada más que instrumentos, artificios, objetos; muy lejos en el olvido había quedado la costumbre de nombrarlas, de criarlas por estética, de entrenarlas para efectuar graciosos trucos en el aire, de hacerlas competir. En los palomares de la sección, Jules About ahora las manipulaba con indiferencia y brusquedad, y no tenía ningún empacho en torcerles el pescuezo a los pichones más débiles.

Quién sabe por qué, la guerra seguía durando.

Quién sabe cuándo, la balanza se inclinaría sin remedio hacia algún lado.

Quién sabe dónde, se estaba fabricando la última bala que se dispararía en combate.

Quiénes saben quiénes, algunos sobrevivirían para contarlo.

Quién sabe cómo, la vida de 1918 había comenzado.

106

En la primavera los alemanes emprendieron una gran ofensiva en el frente occidental, una especie de apuesta a todo o nada para conseguir la victoria. Los primeros días reinó la impresión de que la operación estaba siendo un éxito contundente, puesto que las tropas avanzaron hasta sesenta kilómetros; sin embargo, con el paso de las semanas se comprobó que no se había conseguido ninguna conquista decisiva. A pesar de que en el mes de junio los alemanes se instalaron a tan solo sesenta y cinco kilómetros de París, para mediados de julio ya habían abandonado casi todo el terreno ganado, arrastrando de vuelta el desánimo causado por las ochocientas mil almas que habían perdido entre sus filas en los pasados meses.

En Ekaterimburgo, Nicolás II, su esposa y sus cinco hijos eran asesinados en el sótano de la casa en que llevaban encerrados poco más de dos meses, y, en una prisión en Austria, el asesino del archiduque Francisco Fernando, Gavrilo Princip, moría de tuberculosis a los veintidós años. Una pandemia de gripe asolaba al mundo; la letalidad era tan grave que, al cabo de su propagación, iban a morir más personas por la enfermedad que por la guerra. En el norte de Francia, era abatido Manfred Albrecht von Richthofen, más conocido como el Barón Rojo, el piloto alemán de mayor renombre, mientras que, por su valor en batalla, Adolf Hitler era condecorado con la Cruz de Hierro de primera clase en agosto.

Convencidos de que la rendición del enemigo era la única vía aceptable hacia la paz, los Ejércitos aliados iniciaron en agosto una serie de ataques que se habían de extender cien días y que les iban a dar, por fin, la victoria definitiva. Primero forzaron a los alemanes a replegarse hasta la Línea Hindenburg, y luego incluso más allá, al interior de Bélgica. El desenlace de la guerra estaba a la vista, pero los soldados habían de continuar luchando hasta el último minuto de la última hora.

107

En septiembre, junto con el resto de la población, Gin y France fueron evacuadas de Cambrai. La Administración invasora no consultó a nadie; bajo la excusa de que se avecinaban severos combates, desocuparon la ciudad entera. Gin y France metieron lo que pudieron en un par de maletas, cargaron a Nemo en brazos, cerraron como una tumba la casa y abordaron un tren que las llevó al noreste. Pernoctaron una semana en la ciudad de Valenciennes, en un campamento improvisado a orillas del río Escalda; después, otra vez en tren, cruzaron la frontera belga y se apearon en Lieja, donde fueron instaladas, al igual que miles de refugiados franceses, en un campamento más establecido y con mejores servicios. Allí permanecieron todo octubre, escuchando el incesante flujo de rumores sobre lo que estaba sucediendo en el frente.

El día 10, en Lieja y el resto del mundo se difundió la noticia de que los canadienses habían liberado Cambrai. Gin y France participaron en las celebraciones del campamento. A pesar de que se hallaban en una situación más precaria que nunca en la vida, la idea de volver a casa y a una normalidad antigua les colmó de alegría el alma. Pensar en la paz era pensar en algo ancestral, en una existencia de mucho tiempo atrás. Gin ni siquiera podía recrear ya en la mente el silencio de los cañones, la limpieza de los cielos, la libertad de los caminos.

La alegría les duró a las Laval apenas unos días, porque a continuación trascendió una segunda noticia: la mitad de los edificios de Cambrai estaban completamente destruidos. «No hay a qué regresar —les decían—. Lo que queda no es una ciudad, es una zona arqueológica». Era verdad: antes de marcharse, los alemanes habían aplicado la política de tierra quemada y, borrachos de rencor y tristeza, arrasaron con todo lo que pudieron. La catástrofe era tan terrible que había de pasar más de una década para concluir los trabajos de reconstrucción.

Lo único que quedaba ahora de Cambrai, por lo menos para ellas, eran las esmeradas descripciones en que Gin había trabajado los meses anteriores y que había llevado consigo a Lieja.

Calle por calle, la textura de las construcciones.

Eso era todo.

Nada más.

108

El primer miembro de las potencias centrales en firmar un armisticio fue Bulgaria, a finales de septiembre. Un mes después el Imperio otomano hizo lo propio, y a principios de noviembre, Austria-Hungría. Cada uno de estos acuerdos representaron para las potencias centrales pérdidas de territorio, desmovilizaciones militares y ocupaciones de tropas aliadas.

Alemania fue la última en firmar. Para ese momento, el káiser Guillermo II había anunciado su abdicación a la corona y el imperio se estaba convirtiendo en una república. La firma del armisticio ocurrió en la madrugada del undécimo día del undécimo mes y entró en vigor a las once de la mañana. El acuerdo imponía, entre varias condiciones, la evacuación de los territorios invadidos, la entrega del material bélico y la liberación de todos los prisioneros aliados. La firma se realizó en el bosque de Compiègne, en Francia, a bordo de un vagón de ferrocarril, el mismo en el que veinte años más tarde Hitler iba a obligar a los franceses a firmar su armisticio.

La mañana del 11 de noviembre de 1918 se siguió peleando hasta el último minuto, en el sentido más literal; prueba de ello fue el caso del soldado estadounidense Henry N. Gunther, cuya muerte quedó registrada a las 10.59 cerca de Verdún. La guerra se cerró con un alza en el promedio de fatalidades: ese día cayeron alrededor de tres mil soldados.

Después se hizo el silencio.

Cuatro años y tres meses duró la guerra, la Gran Guerra.

El mapa político del mundo había cambiado por entero. Ahora más que nunca habían quedado patentes los alcances de la violencia humana.

La textura de la tierra era la del daño y la ruina.

Una piel llena de cicatrices.

Un terciopelo incinerado.

109

Sentadas sobre las maletas de su miseria, Gin y France hablaron sobre el futuro.

—Es extraño hacer planes. Ha pasado tanto tiempo —dijo France.

—Cuatro años, mamá.

—Parece más. Ahora soy una vieja y tú eres madre y tu papá está muerto.

—Vamos, mamá. Hay que mirar hacia delante.

Se encontraban en un campamento de refugiados en la ciudad de Lieja.

—Estamos arruinadas, Gin.

—Pero la guerra ha terminado.

Nemo dormía en los brazos de Gin. Tenía dos años y no conocía la paz.

—Han arrasado Cambrai. No hay nada a qué volver. Prefiero quedarme a vivir aquí que mirar lo que han hecho con nuestro hogar.

—No podemos quedarnos aquí, mamá.

—¿Y adónde sugieres que vayamos?

Gin hablaba con el tono suave y único de las madres cuando cargan a sus hijos.

—A Amiens, por supuesto.

Aunque la conversación era con France, Gin miraba a Nemo.

—¿Amiens?

—Al islote de los About, para ser precisos.

—Será un largo viaje y no será fácil, Gin.

France hablaba con el tono áspero y único de las madres cuando se dejan convencer por sus hijos.

—Valdrá la pena, mamá. Confía en mí.

—A tu padre le dolería mucho vernos ahora.

—Nemo va a crecer en los Hortillonnages y va a criar palomas y va a fabricar terciopelo.

—¿Y si Jules ha muerto? ¿Y si toda la familia ha muerto?

—Va a remar por el Somme y va a caminar por los bosques y va a llevar el apellido About.

—Eso espero, Gin.

—Ya lo verás, mamá.

Sentadas sobre las maletas de su miseria, Gin y France tomaron decisiones sobre el futuro.

110

El día en que se despidieron para siempre, Jules About y el teniente Waley se dieron un abrazo estrecho y breve, ambos con el uniforme de rigor. Era diciembre. Estaban en el patio del antiguo colegio, en Hazebrouck, frente a las jaulas. Era momento de que Jules volviera a Amiens; aparte de una maleta al hombro, cargaba un ostentoso paquete con los folios y los cuadernos que componían el manual de la paloma en la guerra.

—Voy a necesitar una copia de eso —le dijo Alec Waley señalando el paquete.

—Desde luego, teniente —respondió Jules—, pero antes quiero ordenarlo todo. Es mucha información.

—Tendremos un libro único en su especie, una *rara avis.*

—Ya veremos.

Se habían visto en momentos de presión y de duda, de miedo y de hartazgo, de pesimismo y de alegría. Más importante, se habían visto envejecer, igual que lo hacen las familias o los amigos. Habían encontrado en el otro un interlocutor con quien discutir sobre las palomas con seriedad absoluta, como si fuera la cosa más importante del mundo.

—Hemos hecho un buen trabajo aquí —dijo el teniente Waley—. Deberías sentirte orgulloso, muchacho.

—Sí.

—Hemos ayudado a que esta guerra fuera menos brutal, solo un poco menos brutal. Y eso es suficiente.

—Eso es muchísimo.

En las jaulas, las palomas aleteaban sin interrupción. Con la llegada de la paz, el destino de las aves, como el de las municiones, era incierto.

—Hazme un favor y envíale a tu padre mis saludos, muchacho.

—Gracias, teniente. Delo por hecho.

—Suena bien lo que tienes por delante. Los Hortillonnages, la familia, el palomar, la fábrica, el manual.

—Oh, no lo sé —dijo Jules e inhaló con fuerza—. No lo sé.

—Vas a estar ocupado, ya lo verás. A lo mejor puedes...

—¿Sabe, teniente? Después de esto, no me apetece tener palomas en casa. Simplemente no.

—Claro.

—Creo que he terminado con ellas, al menos por ahora.

Se quedaron parados allí un rato, escuchando el aleteo y el arrullo de las aves, hallando la manera de terminar la despedida.

—Antes de que te marches, muchacho, quiero hacerte un regalo.

—Teniente.

—Quiero que te quedes con mi motocicleta —dijo Alec Waley. Su mirada era la de un soldado soñoliento—. La traje desde Inglaterra al inicio de la guerra y aquí debe quedarse.

—Lo aprecio, en verdad.

—Cuídate, Jules About.

—Usted también, teniente.

En cuanto acomodó su equipaje y encendió el motor, Jules concibió la ruta a casa de inmediato. Su sentido de orientación estaba intacto.

111

Cuando Jules llegó al islote, Gin ya se hallaba allí. Lo estaba esperando en el pequeño muelle leyendo un libro de aventuras. Jules se percató de su presencia antes de que el bote en que viajaba tocara tierra. Gin tenía el pelo tan rubio como recordaba, pero ahora lo llevaba corto, a la altura de las orejas; en cuanto ella levantó la vista, Jules comenzó a respirar un aire reconfortante y bueno. El río Somme avanzaba lento.

Jules saltó del bote y se abrazaron.

—Jules —dijo ella.

—Gin —dijo él.

Detrás, el hombre que conducía el bote comenzó a bajar la motocicleta de Jules y su equipaje. El rumor del agua era delicado.

—Gin —volvió a decir él.

—Jules —volvió a decir ella.

Tras soltarse, Jules retrocedió para pagarle al hombre, pero este se negó a recibir nada y se alejó del muelle con el impulso de un puntapié. En ese momento Gin se desplomó sobre las rodillas y comenzó a llorar. En cuclillas, Jules la arropó con los brazos y, sin decir palabra, le besó el rostro entero. Unos instantes después oyeron unos pasos acelerados y una fuerza los embistió; de pronto eran tres en el abrazo.

Gin se apartó un poco y, limpiándose el rostro con las manos, dijo:

—Este es Nemo, mi hijo.

El niño se guareció en el pecho de su madre y miró al desconocido con timidez.

—Nemo —dijo Jules—. Qué fantástico nombre.

A su llegada, Jules se encontró con un ambiente de felicidad resignada. Todos parecían celebrar la paz obtenida, pero retenían a flor de piel los estragos de la guerra. France, por ejemplo, relataba una y otra vez la muerte del primo Charles, y a menudo explicaba que de ningún modo regresaría a Cambrai, no tanto por la destrucción, sino por el miedo al rencor de los habitantes.

—Se han comportado como unas auténticas bestias con mi hija —decía—. El modo en que la atacaron... Dios mío.

Cuando a France le daba por narrar las vivencias de la ocupación, Jules About se distanciaba.

Desde luego, uno de los recordatorios más cotidianos de la guerra era la ceguera de Maurice, que seguía viviendo los días con una actitud reformada y jubilosa, mucho más ahora con el retorno de su hijo. La suya era una felicidad resignada porque, a pesar de la independencia que había logrado en la rutina, cada tanto, en momentos de nostalgia, hacía comentarios del estilo: «Lo que daría por pintar el cuadro que tengo en la mente», o «Todas las mañanas, al despertar, vuelvo a quedarme ciego». Sin embargo, un placer al que no tuvo que renunciar fue el de los libros, pues Gin adoptó la costumbre de leerle por las tardes. A veces le leía los libros que solicitaba y otras veces, cada día más, las descripciones que ella había escrito durante la guerra. «Carajo, muchacha —le decía Maurice—, tienes un talento». De este modo, Gin le devolvía por instantes la visión de un catálogo infinito de telas y de los edificios intactos de Cambrai.

La casa de los About quedó habitada hasta el último espacio; además, el ajetreo doméstico daba la impresión de ser excesivo debido a la infancia enérgica de Adèle y Nemo.

Tras cuatro años allí, las viudas habían olvidado su hogar anterior y continuaban atendiendo a diario un templo de adivinación en la sala de estar, ahora con la asistencia frecuente de Maurice y France. Por su parte, Claire vigilaba la siembra y la cosecha de la huerta, así como la venta de los productos. También se encargaba de practicar canto con su hija, quien ya podía interpretar en solitario canciones completas. La voz de Adèle, la lectura de Gin, las profecías de las viudas, el llanto de los niños, las crónicas de France..., en el islote dejó de existir el silencio. Nadie lo enunciaba, pero temían que si callaban todos al mismo tiempo se reanudaría el estruendo de los cañones.

Jules tuvo que frenar los planes de clausurar el palomar porque detectó que Nemo tenía un franco interés en las aves; él, en cambio, al verlas padecía una firme indiferencia. El niño entraba sin reservas a la gran jaula y jugaba con ellas, las atendía, las estudiaba; incluso había decidido nombrarlas. Solo para divertirlo, Jules soportó los entrenamientos con las palomas: las piruetas de las volteadoras, los círculos obstinados de las de alto vuelo, la travesía de las mensajeras. Nemo escuchaba con atención la información que Jules le compartía y hacía muchas preguntas. Fue su interés lo que salvó a todas las palomas. Si hubiera sido por Jules, hubiera incendiado el palomar completo.

112

Jules y Gin subieron al bote y remaron río arriba.

—El frío te pinta de rojo el rostro —le dijo Jules tomándose una pausa con los remos—. Me encanta.

—A ti el frío te da un aspecto muy serio —respondió ella—. Arrugas el entrecejo y parece que estás enojado.

Era el último domingo del año.

En el sitio indicado vararon el bote y caminaron tierra adentro, entre la hierba congelada. Jules llevaba consigo el paquete con el manual de la paloma, pero Gin no hizo ninguna pregunta.

El día era transparente.

—Me gusta cuando no sopla el viento —dijo ella—. Es como si se debilitara la fuerza de la gravedad.

—A mí me gusta también —dijo él.

Siguieron avanzando hasta dar con el castaño, inconfundible por la sinuosidad de sus ramas. Gin se acercó al árbol y comenzó a acariciarlo a conciencia, asimilando la fría y áspera textura de la corteza.

—No sabes cuántas veces pensé en esto —dijo al tiempo que pasaba las manos por el tronco—, en estar aquí contigo.

Gin retiró la atención del castaño y se giró. Entonces advirtió que el paquete con el manual de la paloma ardía en llamas en el suelo. Inmóvil, Jules contemplaba el fuego a sus pies.

—No arrugues el entrecejo, por favor —dijo ella y se acercó.

Algunos fragmentos carbonizados se desprendían de la lumbre y se elevaban en la tranquilidad de ese día sin viento.

Cuando no quedó nada más que ceniza, Jules se aseguró de arrojar un poco de tierra con el pie. A pesar de ello, el olor a quemado quedó estancado en el lugar.

Gin volvió al árbol y se apoyó en el tronco.

—¿Qué es eso? —dijo señalando con la mirada una columna de piedras que había allí cerca; era la última de las que Jules había levantado años atrás.

—No es nada —dijo él, y enseguida dio unos pasos hacia la columna y la derribó de una patada.

Por segunda vez en la vida, bajo el castaño, Jules y Gin se entregaron a un amor exasperado y vertical. Gin se aferró a algunas ramas y lo rodeó con las piernas; de pie, Jules sostuvo su peso sin problema.

A la par que el árbol se mecía, las últimas hojas caían al suelo.

En cierto punto Gin ahogó los gemidos y se detuvo en seco.

—Jules —dijo—, estás llorando.

Jules se llevó una mano al rostro y comprobó que era verdad.

Gin bajó los pies a la tierra y lo besó con ternura. Él se decidió por fin a enterrar el rostro en el pecho de Gin y probar su piel: la salinidad era exquisita.

Desde lo alto del castaño, las últimas hojas continuaron cayendo.

NOTA DEL AUTOR

Para la escritura de esta novela he utilizado como guía histórica general la monumental obra de Martin Gilbert, *La Primera Guerra Mundial*. De igual forma, su detallado *Atlas de la Primera Guerra Mundial* me fue de gran ayuda para interpretar la fluctuación de los territorios a lo largo de los años del conflicto.

Para los acontecimientos de la Navidad de 1914 en las trincheras me apoyé en la investigación *Silent Night*, de Stanley Weintraub. Por otro lado, *The Experience of Occupation in the Nord, 1914-18*, de James E. Connolly, me aportó un amplio y esmerado retrato de la vida en el norte de Francia durante la invasión alemana.

El coronel teniente del ejército británico A. H. Osman, que participó en la guerra, escribió un magnífico recuento del uso militar de la paloma titulado *Pigeons in the Great War*, en el cual se incluyen datos, consejos y fotografías que me fueron invaluables para entrar a tan singular mundo.

Por último, el estudio de Donald Kagan *Sobre las causas de la guerra y la preservación de la paz* me reveló la fragilidad del germen de la guerra a través de la historia de la humanidad.

Gracias a quienes insisten en comprender las grandes hazañas y catástrofes de nuestro pasado.